景德镇学院学术文库

JINGDEZHEN XUEYUAN XUESHU WENKU

鱼眼逆景

昌南风情录

余轩宇 著

江西人民出版社

Jiangxi People's Publishing House

全国百佳出版社

图书在版编目（CIP）数据

鱼眼逐景：昌南风情录 / 余轩宇著. -- 南昌：江西人民出版社，2019.4
ISBN 978-7-210-11259-4

Ⅰ.①鱼… Ⅱ.①余… Ⅲ.①散文集—中国—当代 Ⅳ.① I267

中国版本图书馆 CIP 数据核字 (2019) 第 065313 号

鱼眼逐景：昌南风情录

余轩宇　著
策划组稿： 张德意
责任编辑： 陈子欣　曹　骏
封面设计： 章　雷
江西人民出版社出版　　各地新华书店发行
社　　址： 江西省南昌市三经路 47 号附 1 号　　邮编：330006
重点图书出版中心电话： 0791-86898683
发行部电话： 0791-86898893
网　　址： www.jxpph.com
E-mail:jxpph@tom.com　web@jxpph.com
2019 年 4 月第 1 版　2019 年 4 月第 1 次印刷
开　　本： 787 毫米 × 1092 毫米　1/16
印　　张： 13.5
字　　数： 160 千字
ISBN 978-7-210-11259-4
赣版权登字 –01-2019-123
版权所有　侵权必究
定　　价： 48.00 元
承 印 厂： 南昌市红星印刷有限公司
赣人版图书凡属印刷、装订错误，请随时向承印厂调换

总
序

　　景德镇学院是一所地方性应用型本科院校，学校创建于1977年。学校坚持社会主义办学方向，落实立德树人根本任务，遵循"自强不息、泽土惠民"校训精神，坚持"知行合一、守正出新"办学理念，确立"地方性、应用型"办学定位，走"特色化、差异化、国际化"发展路径。近年来，围绕建设特色鲜明的地方性应用型本科院校发展目标，学校积极开展学术研究，承担科学研究和文化传承创新职能。

　　大学因学术而兴，因文化而繁荣。为繁荣学术研究，推动广大教师积极从事学术工作，使学校学术新秀脱颖而出，系统展现景德镇学院创造的优秀学术成果，我们决定出版《景德镇学院学术文库》，每年支助出版一批学术著作。

　　《景德镇学院学术文库》的学术追求是出精品。入选文库的专著，为有较高水平的学术成果，或解决重大课题，或确立新观点，或使用新史料，或开拓新领域的专题研究；尤欢迎年轻教师和博士积极参与学术文库，出高水平学术成果。

　　《景德镇学院学术文库》由科研处面向全校教师征集，经过初审、同行匿名评审，就其选题价值、学术创见、研究方法、分析论证、文献征引、文字表述等方面给出明确意见，经校学术委员会终审，方可入选《景德镇学院学术文库》。入选专著，必须遵守学术著作规范，遵守学术道德，不存在知识产权争议。涉及知识产权问题，由作者本人负责。

《景德镇学院学术文库》的出版，传承的是"自强不息、泽土惠民"校训精神，流淌着的是"求真务实"的学术血脉。我们相信，《景德镇学院学术文库》对于继承与发扬景德镇学院学术精神，对于深化相关学科领域的研究，对于促进景德镇学院的学术繁荣，推出学术新秀，必将起到积极的推动作用，谱写景德镇学院新时代兴学育人新篇章。

《景德镇学院学术文库》编委会

序：鹰眼鱼

　　轩宇是我的学生、同事和朋友，由于同姓，我一直将她视为本家，也自认为挺熟悉她。谁想，号称"神仙鱼"、也一直如神仙般自得其乐的她，却突然拿出了《鱼眼逐景》这样一本书放在我面前。而且，在看完了这些稿子之后，我才知道用景德镇话无障碍进行交谈的她，居然不是景德镇人。更让我惊讶的是，这个"神仙鱼"是会飞的，且有一双鹰眼，能看到别人看不到的俚俗风景和文化人情。

　　她说，她随父亲来到这个城市，一住，就住了半辈子，将他乡住成了故乡，将异乡住成了梦乡。如此说来，在"景漂"这个词语产生之前，她已然是个小景漂了。当然，和景漂们所不同的是，四十多年的光阴，已经把她打磨成了足以乱真的景德镇人。

　　虽说景德镇原本也是个"工匠八方来"的移民杂居城市，然而，对于今天的景德镇人来说，那早已是过去式了。做坯、烧窑、洗衣、进香、吃酒、做客……祖祖辈辈都那么过的生活，在景德镇人看来，那就是日常，就是寻常，没有啥稀奇的。

　　然而，就是这些不起眼的家常，却让轩宇对它们充满了新鲜感。由于是外来客,她切入这座城市的视角很独特,她是从语音入手的。原因则很简单,因为:听不懂。从最初的茫然到有所了解,从深情的热爱到如今的用图文来进行书写,她一点一点地触摸和探索着这座有着悠久历史的制瓷小镇。

她说她喜欢瓷器,喜欢这座产瓷器的城市,她的这本小册子最初就取名为《瓷器活儿》。她说:"管它是'没有金刚钻不揽磁器活儿',还是'渣头碗镶金边',由人说去。"然而,最终定稿结集时,她却还是改换成了《鱼眼逐景》。我的看法倒是和她一致,认为《鱼眼逐景》甚好:景,是风景之景,是景德镇之景;鱼眼,是神仙鱼之眼,是鱼眼镜头之眼。

就如作者自己所说:"鱼眼镜头,这是一种焦距极短、视角接近180度的镜头。这种镜头表现出的世界与真实世界或许会有些差别,却别有趣味。"我们弘扬景德镇文化,的确应该是多角度的。而且,就集子本身来看,轩宇也并没有局限于瓷器本身,她更多的是把目光放在这座城市的弄头巷里之中。看得出来,她在努力寻找那些隐藏在瓷器背后的有温度的故事。

几年前,轩宇曾做了一个《景德镇陶瓷文化特色写作教程的研究与实践》的课题，那时候，我们曾经交流过，一致认为："将景德镇的陶瓷文化与现有的传统写作教程相结合，不仅能够提高学生的就业水平和创业能力，也能够大力地弘扬陶瓷文化，为地方经济建设服务，更能够打造地方特色和课堂特色，形成独一无二的品牌。"

我所不知道的是，这个早已结题的课题，轩宇居然还在持续深入地进行着，而且是将科研、教学与实践紧密结合在一起地进行着。于是，这就有了我们现在看到的这本图文并茂的集子。

这本书编辑得很见匠心，分成了"南北东西中"五个部分，以"南山脚下南河口""北乡公所在昌南""东司岭头说都司""西河流过三间庙""中渡口中说上下"命名，核心话题分别是瓷器、浮梁县、珠山区、昌江区及其他。书中，有声有色地记录了景德镇的历史源流及风土人情，所以副题也就标注为"昌南风情录"。

全书二百幅图片、四十篇文字，蔚为可观。这，对中文教学、对景德镇文化、对景德镇文化研究及景德镇城市发展历史研究都具有一定的学术价值。这，也是我为此书作序以及向景德镇学院学术文库推荐这本书的原因所在。

　　当然，本书若能在深度和广度上再作一些拓展的话，应该还会更好些。对于此，轩宇自己也有认识，她说她在以后的研究中会作出调整。我正想说："来日方长，拭目以待。"她却又来了一句："我是神仙鱼啊，有可能没有以后。"

　　但我相信这鱼儿的一双鹰眼肯定又会搜索出新鲜的东西，给大家一个意外的收获！

　　　　　　　　　　　　　　　　　　　　余珊萍

自序
c－h－i－n－a

c,
你是飞旋的轳辘车,
白发的老瓷工在缺口处,
伛偻端坐。

h,
你是满窑时候的炉,
窑尾烟囱有柴火的精灵,
袅袅飞出。

i,
你是描绘青花的笔,
一滴钴料不小心甩出,
氤氲成雨。

n,
你是等待开启的门,
将入窑一色与出窑万彩,
划然而分。

a,
你是讶异万分的嘴,
乱了汉唐惊了宋元,
千年一醉。

c－h－i－n－a,
你是昌南,你是瓷器,
你是中国,你是印迹。
心中,将你唤了一句又一句。

c，

你是飞旋的轳辘车，

白发的老瓷工在缺口处，

伛偻端坐。

h，

你是满窑时候的炉，

窑尾烟囱有柴火的精灵，

袅袅飞出。

i，

你是描绘青花的笔，

一滴钴料不小心甩出，

氤氲成雨。

n，

你是等待开启的门，

将入窑一色与出窑万彩，

划然而分。

a，

你是讶异万分的嘴，

乱了汉唐惊了宋元，

千年一醉。

c-h-i-n-a，

你是昌南，你是瓷器，

你是中国，你是印迹。

心中，将你唤了一句又一句。

目录

东：东司岭头寻都司

西：西河流过三闾庙

中：中渡口中说上下

一南一 南山脚下南河口

1

瓷都六咏（新韵）

浮梁

桃花村落燕来去，曾是浮梁古县衙。

莫问兴亡多少事，荣枯有数且由他。

（景德镇曾为浮梁所辖，浮梁今为景德镇所辖。）

景德

工匠八方聚景德，器行九域竞豪奢。

黄金万两求饶玉，茭草千扎下长河。

（景德镇瓷被称为"假玉器"，施及九域及外洋。）

昌南

书院书声百代传，党庠术序遍乡间。

昌南不似秦淮水，云影天光出圣贤。

（景德镇书院众多，"云影天光"乃朱熹所题。）

新平

古番初定号新平，立马山头草又青。

功业千秋何处是？龙珠阁上看分明。

（立马山即珠山，因番君吴芮立马于此而得名。）

新昌

水自护城山作墙，且看渡口正繁忙。

新昌果是兴隆地，宛转江流日月长。

（景德镇为"没有城墙的都市"，昌江是其生命线。）

陶阳

瓷冶此乡源汉世，青花粉彩斗芬芳。

陶阳自古十三里，更有竹枝音绕梁。

（景德镇以青花瓷最负盛誉，民间流传着陶歌。）

甲申年孟夏

2

盛景绵延越千年

千年瓷都景德镇。

这习惯上的千年起点，似乎是公元 1004 年。据蓝浦《陶录》所录：这一年，刚登基的真宗皇帝收到一批底书"景德年制"的贡瓷。这批瓷器"光致茂美"，件件让人赞赏不已。真宗一时兴起，便把自己的年号给赏赐了出去。

从这一年开始，这个地处吴头楚尾的原本叫"昌南"的小镇，便有了一个沿用后世的新名字：景德镇。至于景德镇的瓷器，那则是"著行海内""天下咸称"。

然而，于景德镇的制瓷史而言，这种说法并不准确。甚至于，哪怕仅就景德镇的发展而言，这种说法也有所欠缺。

景德镇的最初，其实叫做"新平"。所谓新平，乃新近平定之意，这似乎是古番之地正式纳入体系之中。彼时，岁在东晋。

当然，在此之前的汉朝，这里便有烧制陶瓷的窑坊，史料中颇爱引用的句子是："新平冶陶，源于汉世"。似乎是为了纪念这个最初的名字，直到今日，景德镇还保留了新平村、新平路等地名。

无论是比之于北方的各大窑系，还是较之于周边的其他窑口，新平镇的陶瓷源头似乎并无特殊之处。历史的垂青从唐代开始。

《城徽：龙珠阁》 摄于景德镇御窑厂

《往事越千年》 摄于景德镇陶瓷博物馆

　　据《浮梁县志》上载,唐武德年间,首先是陶玉载瓷器入关中,具贡于朝,此器被赞为"假玉器",新平镇一举成名。稍后,更有朝廷下诏命霍仲初等制瓷进御,新平镇再次名扬天下。彼时,他们两人的窑厂分别被称为"陶窑"和"霍窑"。

　　陶霍两人引爆的无异于一场地震,从唐武德四年开始,朝廷对这个产瓷的南方小镇极有兴趣,先后在此置新平县、新昌县和浮梁县,以管辖新平镇。

　　天宝元年的"浮梁"之名,更是沿用至今,只是在历史的沧海桑田后,两者的从属关系发生倒转,县还是县,镇却上升为市,如今地图上的标识是:景德镇市浮梁县。

　　关于浮梁,坊间的传说很有趣。其中有这样一则:最初之时,因为山林太深峭,青松绿竹无法运出,溪水又时时泛滥,淹了无数的良田沃土,县城中的官民苦不堪言。某日,有进山伐木的乡民恰逢溪水暴涨,忽然想是否可将松竹顺水漂出,一试即成,屡试不爽。此后,县中人靠山吃山,

《绵延不断》摄于景德镇御窑厂

靠水吃水，每至水来，不仅不苦，反而快活地高喊：浮梁喽。浮梁遂成县名。

且说那顺水漂出的松木沿着溪水沿着江，一路向南，抵达新平镇，便成了烧炼瓷器时的窑柴。以同样方式抵达的还有质地优良的土、泥、釉等等其他原料。

经过新平镇上泥塑火炼的神奇，晶莹剔透的瓷器满窑而出，这些瓷器沿着水路继续向南，汇入鄱阳湖，汇入长江，走向远洲重洋。

这条由北向南款款而行的水系，名叫昌江。这是景德镇的母亲河，很长一段时间里，它可以说是全球最繁忙的水运路段，所谓草鞋码头千猪万米，所谓器行九域施及外洋。

彼时的新平镇，在浮梁之南，隔着昌水与县治遥遥相望，故又被称作昌南镇。"昌南"两字了不得，因为它是英语单词 china 的汉语发音。china 中这个 c 字母，小写时是"瓷器"，大写则是"中国"。

有宋以后，不管是来自于草原还是关外，历代帝王们都越发地喜爱景德镇瓷器了，而且，他们已经不满足于民间的进贡，开始从产量、花色、品种、造型等各个方面提出要求，为了确保质量还派遣官员监督烧制。

这种有目的性、有针对性地为宫廷烧制御用瓷，便是官窑的形成。行

《御窑厂》 摄于景德镇御窑厂

政力量的介入，更兼南方小镇的相对安定，吸引了大量避难而来的能工巧匠，这座没有城墙的小镇海纳百川，"工匠八方来，器成天下走"。

从元世祖忽必烈设立浮梁磁局开始，明清两代皆设御窑厂，直到辛亥革命后帝制寿终正寝，这里，成就了中国历史上烧造时间最长、规模最大、工艺最精湛的皇家官窑。

御窑厂所在之地叫珠山。景德镇四面环山，蜿蜒如龙，平坦如砥的市

《器行九域》 摄于景德镇昌南大道文化墙

《祈福殿上祭窑神》 摄于景德镇锦绣昌南

区中心却有一山突兀而起，状如龙珠。此乃风水极佳的五龙戏珠之势，于是，因第一代番君吴芮立马驻足而得名的立马山，被称作了珠山。珠山上，建御窑，烧御瓷，以及深埋因瑕疵而落选并被打碎的残瓷片。

今日的景德镇御窑厂，又称御窑国家遗址公园、景德镇御窑遗址博物馆，修复于原御窑厂的遗址之上，赫赫然向世人展示着曾经的风华。

珠山上有一亭，历毁历修。此亭先后被名为聚珠亭、中立亭、朝天阁、冰立堂、环翠亭、文昌阁，最终定名为"龙珠阁"。如今，宫庭制式的龙珠阁，红墙黄瓦，朱漆重檐，是景德镇的城徽，也是景德镇瓷器上的底款。

丙申年十一月廿八

3
南山脚下南河口

从前，家住东门头，走到南门头，都感觉是一个迢遥的目标。有一天，却心血来潮，想做件大事:想走得更南一些，更远一些。说走，便真的走了，俨然一场说走就走的旅行。

大多数城市或者村庄，大概都会有个叫做南山或者东山的地方，当然也可以是北山或者西山，因为它就是个方位词。景德镇的南山便是如此，南山，南边的山。当然，还有那南边的河，叫做南河。

景德镇的南山真是绵延啊，横亘了整个城市的南面。而景德镇的南河也真是多情，一直缠绵在南山的脚下。南河由东向西，蜿蜒而行，最终汇入昌江。南河的尽头，人们叫它南河口。

我的南行目标便是南河口。

最初，以为是个挺简单的任务，实施起来却花了不少时间。而且在探寻过程中，不断有新的发现新的想法，以至于不断增添新的目标，到得最后，感觉自己好像真的完成了一件大事。这，倒是应验了最初的愿望，冥冥中似乎还真是有某些安排。

我去的第一站是西瓜洲。我一直就猜测，当年这里是不是种了很多西瓜，这样的低洼之处，应该是好种西瓜的吧。至于河的对面叫韭菜园，莫非是

《老山门》摄于景德镇南山中段禅师山

《南山脚下南河口》摄于景德镇韭菜园

《共生共存》摄于景德镇天宝桥

盛产韭菜？只是，对面的韭菜园是一群矮屋，西瓜洲倒是与别处无二的菜地。

　　站在南河口的围堤上，我忽然有种错觉：南河才是主流吧，昌江看起来更像是汇进来的支流呢。一路款款南行的昌江，在西瓜洲这里，忽然拐了个90度的大弯，变成西行了。当然，错觉就是错觉。仔细看时，就会发现南河的水量要小得多，所以，虽然拐了个大弯，正经的主流干道却还是昌江。

而且，这里好像还有好多小沙洲哎。沙洲啊，咦，西瓜——洲，想必它也就是一个冲积出来的大沙洲吧。对了，此外还有老鸭滩，还有那只见于古籍的鹅颈滩似乎也应该就在附近吧。

赶紧回家，查书，发现这样一些关于鹅颈滩的句子：郑廷桂《竹枝词》中有"鹅颈滩头水一湾"、龚鉽《陶歌》中有"滩过鹅颈是官庄"，《景德镇地名歌》中有"水流鹅颈入鄱阳"。

完全吻合。想来，因为两河相会，此处的昌江水流，无论是流量、流速还是流向都发生了一些变化，也就形成了不少的沙洲滩头吧。只是，问

《你从哪里来》摄于景德镇南河口

题来了，那么多的滩头，为什么会特别强调鹅颈滩呢？

答案在第二站：禅师山。禅师山其实就是南山的一小段而已，可能因为此处有禅师庵，也就称了禅师山。上山礼佛的人很多，上山的小路却并不好走，顺着山势曲曲折折，人称十八折。走过了好多人、好多年，山路还是不好走。

站在南山上，北眺，风和日丽、山河尽揽，清晰地看到景德镇，依稀地看到浮梁县。山风吹过，忽然间就想明白一件事情：旧时的昌南镇，陶阳十三里，说的就是观音阁到西瓜洲这一段吧。这一段是昌江河最中规中矩的一段，南北走向，几乎是笔直而行。所以，昌水拐弯处的观音阁算是起点，而南山则是昌南镇的南部屏障了。到了鹅颈滩，到了西瓜洲，便是到了昌南镇的尽头了。

《滩过鹅颈是官庄》摄于景德镇康家花园

《南河口》摄于景德镇南山下

《十年后的南河口》摄于景德镇南山下

　　鹅颈滩，或许是瓷器的转运处吧，就像现在的鄱阳县城、当年的饶州府治里尚保留有因瓷器转运而形成的瓷器巷一段。只不过，鄱阳的转运是入海，而鹅颈滩的转运是入鄱阳，诗中不是有说"水流鹅颈入鄱阳"么？

　　这，可让我对南河口的兴趣是越来越大了呀。后来，还去过渡峰坑，去过韭菜园，反正就是围着南河口瞎转悠了一圈。值得一说的是在南山下。

　　会有南山下这个地名，大概是因为那个铁路道口。那天，我在南山脚下走了小半日，一个人也没有逢着，直到看到这个铁路道口，赶紧的向道口管理员问路，问他有没有到河边的路。当我顺着他所指的小径走向河边时，我立刻就发现，我是来过这里的。我曾经在这里呆过整整一个下午，看云，看树，看水平如镜，看机板船划过后水面一点一点地恢复平静。只是，那个时候，我并不知道这里是南河口的南岸。

　　回家后，又一次地翻箱倒柜，果然发现了一组照片，拍于十年前的照片。十年来，水还是那水，树还是那树，云也还是那云，所不同的是西瓜洲上建起了围堤。我知道，那是用来防范水患的。若不细看，看不出来。但是，仔细看时，却总觉得天然又被破坏了一些。

　　作为水利措施，这是必要的，也是能够接受的。想想这十年中，多少翻天覆地的变化呢，有必须的，也有不必要的。然而，时代向前，社会向前，人也总是要向前的。就如我自己，不也想着要走得更南一些、更远一些么？

戊戌年元宵

4

仿古瓷中且访古

我们会说到那样遥远的话题，或许是因了你手中那冰凉的仿古瓷，而我们的话题不那么的冰冷，则是因了窗外那一树石榴花，还有那满架的葡萄。

五月，榴花胜火的季节。窗下的那户人家，有个小院，院子打扫得很干净，一树火红的石榴正开得热闹无比。未开的石榴花很坚硬，有着硬邦邦的壳，开出来的花却如丝绸一般，薄而软，还有着细细的皱，而且丰盈，仿佛掐得出水来。

还有那一架葡萄，葡萄架子搭在小院的门边，葡萄藤却密密地遮掩了半个院子，连院门上也爬满了叶儿藤儿。葡萄结了青果，小小的，嫩嫩的。其实，我更喜欢这时候的它们，这时候的青色欲滴，远胜过它们成熟时候的青紫，这个时候是纯粹的一种绿，充满生机。

这是一幢二层的小楼，小楼其实是夹在民居中的一间小作坊，从淘泥到拉坯，从利坯到彩绘，从烧窑到做旧，一应俱全。因为有了年岁，小楼的每道缝隙里都渗进了白色的粉尘，就连那天天坐着的竹椅上也是白粉粉的一层，抹也抹不干净。其实，也不用去抹的，因为这样的白是不碍事的那种，让人可以放心地坐下去。

《古意氤氲》 摄于景德镇樊家井

《红的花》摄于景德镇陶瓷博物馆　　　　《青的花》摄于景德镇明青园创意集市

这个微醺的五月，我们在这样的小楼里。我握着茶杯，你握着笔。

茶是很普通的茶，甚至于有些粗糙，一片一片的茶叶叶子，要么大得有些夸张，要么就是有些残破。然而，这些漂浮在水中的叶片，都自由地舒展着，舒展如此刻的心情，没有一丝的忸怩作态。

你正在画仿古青花，仿的是成化年间的茶盏，小巧，玲珑，晶莹。细细的毛笔握在你的手中，醮满了钴料的笔尖饱满而丰润，像是一朵含苞待开的花。你轻轻运腕，那笔便真的在泥坯上开出墨色的花来。你小心地捧起薄薄的泥坯，像是在呵护着一朵轻盈的花。

你说，做仿古瓷的人很多，有人仿得好，有人仿得不好，这里面涉及到原料和工艺等许多问题。就拿这成化瓷来说，成化年间的瓷土和钴料早已告罄，所以首先得用现代的科技配制出成分相似的原料。然后要仿造当时的器形，因为受着生产力等因素的限制，器形的厚薄和轻重都是不同的。再加上不同时期的人们有着不同的兴趣爱好和风俗习惯，故而在瓷器的花面上也呈现出不同，比如构图的疏密、用料的浓淡以及落款的藏露乃至字体的肥瘦等。

我说，仿古其实就是访古，访问古代的政治、经济、文化等许多许多的方面。那些古董瓷器，它们凝固了当年的一切，比如实用还是美观，比如趋俗还是向雅，瓷器本身会诉说。而仿古瓷则是还原，做仿古瓷的人，

《访古》 摄于景德镇十大瓷厂纪念馆

他们努力地穿越时空，向我们再现出当年的一切：旧时的天气，旧时的人气，旧时的生气……做仿古瓷的人，其实是通过瓷器在向我们说话，表达着他们对历史的了解和理解。

面对着眼前的这些仿古瓷，我忍不住想：在很多年前的某一个时刻，一定也有榴花这样灿烂地开放，一定也有葡萄这样青涩地结果，一定也有人这样从容而淡定地握着笔画着瓷……而他们一定也同样地喝着这自唐代以来便出了名的浮梁茶。

古已不易，而仿古更不易。好的仿古瓷会让人回到那宝衣怒马的从前。也是在大唐吧，景德镇的瓷器有了"假玉器"之称，人们说景德镇的瓷器"白如玉"，这"如玉"的评价真是恰当无比。因为瓷器的白并不是雪白，而是玉色的白，清泠泠地从内里从深处透出幽幽的光来。雪白是纯净，而玉色

《变废为宝》 摄于景德镇新都民营园

却是深厚的悠远的，有着沧海桑田的沉积。

　　玉石是冷的，当它无所依托放置的时候。但是，把它放在胸前，它却会有肌肤的温度。这如玉的瓷也是这样的，它不冰冷，放在手中，放在心中，它便会温暖如春，甚至于浓烈如夏。而这不易模仿的仿古瓷，则更是将千年以前的新鲜明亮轻轻地唤醒，让你我知道历史上有过那样的一些时刻；让你，让我，抚摸到历史那从来不曾停息的跳动着的脉搏。

　　这样的一个下午，这样微醺的五月里，我们就这样的对历史作了轻轻的问候。

丙戌年三月十九

5

有瓷乃馨

　　若不是亲眼所见，我不敢相信，那么精美的瓷器居然是在这样简陋的屋子中生产出来的。做了三十多年的瓷都人，我还是第一次来到这样的私人作坊。当然，这并不是说我从未看过瓷器的生产过程。事实上，在很小的时候，我便在大工厂里看过瓷器生产的流水线。

　　母亲是瓷厂的工人，我经常随了母亲去工厂，什么原料车间、成型车间以及烧炼车间之类的，一间又一间。隧道窑中，看着那码得像柱子一样的匣钵，我老是担心它们会倒。还有那些碗啊盘啊以及面砖什么的，也是摞得老高老高。瓷器破裂的声音尖锐而刺耳，我曾经碰碎过一次，打那以后，我就不太敢从那瓷器的森林旁边经过。

　　后来，大型的国营瓷厂纷纷解体，而我也将自己的精力和时光织进了书页以及柴米油盐中。瓷器是吃饭时候的碗和汤勺，是陶瓷博物馆里陈设的古瓷，是和外地人聊天时候的骄傲。除此之外，我似乎无暇也无心去思索一些什么。

　　再后来，因为种种机缘，认识了一些做陶瓷的朋友，尤其是看了他们那美轮美奂的作品之后，这才有了去手工作坊一看的愿望和可能。这是一个寒风呼啸的冬天，很冷。朋友带了我去看他的作坊。

《瓷匠治陶》 摄于景德镇原建国瓷厂厂区

在一条拐弯抹角的巷子深处，朋友指着一处挂了铁锁的窄小木门，说："到了。"我登时讶异得张大了嘴，就这样的地方？我尽量地掩饰住自己的失望。朋友果然没有发现，取了锁，推开了门。屋子又黑又小，而且很零乱，还有那破碎了的瓷瓶就很随意地堆放在角落里。我听见心里的叹息声，我知道那份失望越来越强烈了。然而，朋友似乎依然没有觉察，他在一块大瓷板面前坐了下来，开始画画。

这是一幅青花的山水，已经画了一大半了。画面上已可以见到隐隐约约的远山，中景是错落有致的林木，近处则是泛着粼粼波光的春水。水的中央有一芳洲，洲上一间小屋，茅檐低小，篱落深深。通往这岛屿的是一架竹桥，弯弯曲曲，苔痕点点。画面的右角还题着字：岸花开且落，江鸟没还浮。

看着这样的画面，我蓦地安宁了下来，那一片心浮气躁好像忽然找到了落脚点。再看了朋友，他依然是一脸的从容，不惊不乍，不温不火。于是，我明白了，这怡然自得的岁月，这闲散自由的光阴，尽在这花鸟之乐中淡淡而来，就如这白瓷板上的青花画面，一青二白，洁净，疏朗，仿佛多年以前，在诗经的年代，在汉乐府的年代，在魏晋风流的年代。

真名士自风流。好作品的创作并不在于窗明几净，而在于创作者的功力。真正的艺术家们倒往往是不修边幅不拘形式的，真正的艺术创造也往往是在不

《斯是陋室》 摄于景德镇小港嘴

《有瓷乃馨》 摄于景德镇古窑民俗博览区

《瓷娃娃》 摄于景德镇新都民营园

《板板正正》摄于景德镇国贸广场

经意间的。就拿这千年瓷都的美誉来说吧，如果不是宋元期间大批工匠的避难江南，只怕也是不能成就的。

如今，有好些城市争相以瓷都来命名，向来以行首自居的景德镇人有些坐不住。其实，那样的形式之争又有什么好争好闹的呢？无可否认，景德镇的日用瓷生产是在日渐萎缩，但是，它的装饰瓷永远是一个难以企及的高峰。千年瓷都并非浪得虚名，它自有它的底蕴和风韵，就像我的这位朋友，他也自有他的淡定和潇洒。

斯是陋室，唯吾艺馨，真好。唯一遗憾的是少了一杯酽酽的热茶，可以握在掌心，看那小篆一样的热气袅袅地升起，纵然不喝，也温暖了冬日的寒气。

丙戌年三月廿四

6

玉颜玉质玉成之

　　说到景德镇，让人脱口而出的除了"瓷都"这个盛誉，最顺溜的恐怕就是"白如玉，明如镜，薄如纸，声如磬"这十二字真言了。事实是，景德镇瓷器，自唐代便称"假玉器"，宋时则直接被称为"饶玉"。

　　这一"玉"字的形容真是恰当无比，再无其双。

　　景瓷的"玉"名，最早见于《陶记》，在这部陶瓷专著中，蒋祈对青白釉瓷作了这样的概括和评价："景德陶，昔三百余座。埏埴之器，洁白不疵，故鬻于他所，皆有'饶玉'之称。"

　　旧时习惯于以州定名，景德镇隶属于饶州府，故而称之为"饶玉"。自此以后，景瓷的玉名不胫而走，众口相传，遂成定论。

　　话说那担当"饶玉"盛名的瓷器，其实是有一个专属于它自己的真名或本名的：那就是青白瓷。青白瓷，其釉色介于青白二色之间，青中有白，白中泛青，故而被称之为青白瓷，习惯上还有"影青""罩青""映青""隐青"等称谓，代表了宋代精湛的制瓷技艺。

　　两宋时期，经济繁荣，大江南北，窑场林立，有"钧、汝、官、哥、定"等五大名窑。然而，在南方的景德镇，却博采各地窑场之长，生产出了青白瓷。

《宝相庄严》摄于景德镇民窑博物馆

《玉颜》摄于景德镇某茶楼

青白瓷，胎质洁白，透光见影，釉质晶莹，润泽素雅。故而，青白瓷创烧不久，便得到了朝野上下的广泛认同与赞赏，被看作是与南青北白两大瓷系相争艳的另一朵奇葩。

然而，我要说，这一"玉"字，可不仅仅是指瓷的外观，更是其内涵。因为瓷一旦成器，便只有破碎，而永无变型。恰如俗话所说：宁为玉碎，不为瓦全。

瓷呀瓷，玉呀玉，瓷质就是玉质。

当然，更多的时候，这种玉质不是盘马弯弓，也不是剑拔弩张，而是表现为安然与笃定，尤其是在大起大落之后，在沉浮不定之时。这又恰如另一句话所言：谦谦君子，温润如玉。

二十多年前，因"瓷都"被别处冠名而引发的"封都事件"中，向来

《玉质》 摄于景德镇学院文物修复室

以行首自居的景德镇人初时是有些坐不住的，后来，却也淡淡地一笑了之。君子，有所为，有所不为。受得起繁华，经得起寂寞，有着始终如一的安然与笃定，这才是君子。

　　瓷器虽是器，然而，君子不器，君子亦不争，何况是这形式之争。

　　至于君子品格的形成，似乎可以追溯到玉瓷的源头。玉瓷的源头，在高岭。

　　Kaolin，由德国地质学家李希霍芬创造的一个崭新的英文单词。如同 china 是"昌南"的音译，kaolin 也是音译词，你可以翻译成"高岭"，但是，更通常的翻译是：高岭土、瓷土。

　　1869 年，李氏来中国科考后撰《中国》一文，对景德镇高岭村所产的一种白色瓷土作了详细的介绍。他说这是他所知道的最为优质的瓷土，他毫不吝啬地用

《平安香炉》 摄于景德镇皇窑

《白色土白色山》摄于浮梁县瑶里镇高岭村

了产地高岭来给这种土命名。此后，Kaolin 成了黏土矿物学的专用术语和世界制瓷黏土的通用名称，这让人又爱又恨。

爱，因其独特；恨，因其唯一。

高岭土的特质，用李氏的科学术语来形容，"含有害杂质少、可塑性强、成型骨坚"。其实，我们可以说得通俗些，那是纯粹，是柔韧，是坚强。当然，我们也可以说得文艺些，这是瓷性，是景德镇人与生俱来的瓷性。

高岭土，这是大自然馈赠于景德镇人的别样厚礼啊。

关于高岭土，坊间也有很多故事。传说，天上的小黑龙为了拯救洪荒中的人类，将泥浆喝进了肚里，然而，有功之臣却因私下天庭被永镇人间，死后的小黑龙将满肚泥浆化作了晶莹的白色土；若干年后，天上的神仙化作贫病缠身的老者来到人间，在多方考察了高岭村村民的善良之后，以托梦的形式指点他们，让他们懂得了白色土的开采与使用。

高岭土，白色土，蕴藏神奇和神秘的白色土，不管是关于小黑龙的，还是关于老神仙的，都充满了传奇和浪漫，也充满了艰辛和奉献，这何尝不是一种瓷性，又何尝不是一种玉成。

如是，我们是不是可以这样说：天时地利，玉成了景德镇；人和，则玉成了景德镇自己。

丙申年腊月廿九

7

我要把你叫昌南

你，地处吴头楚尾，自古便号称江南雄镇，自宋真宗时被赐名以来，景德之名沸沸扬扬，享誉天下。但是，我还是更愿意把你叫做昌南。

昌南，昌水之南。在水之湄，却又面向阳光，婀娜刚健集于一身，何其飘逸；再者，china 不就是昌南的英文音译吗。瓷器？昌南？中国？气韵流动，意蕴深刻，别有一番情致。

昌南。我想写你。只是，我该如何写呢？

写你的山吗？昌南有山，绵绵不绝。青山蜿蜒，却环抱出平坦如砥的城区，更奇的是城区中心有一山突兀而起，成五龙戏珠之势，得名珠山。有宋以来，历代帝王皆看中这处龙脉，立御窑，烧龙缸，在其山巅建起一座翔丹之阁——龙珠阁，在其脚下还衍生出一条里弄——龙缸弄。

写你的水吗？昌南有水，名曰昌江。昌江款款而过，水底全是渣饼和碎瓷片，水平之时，清晰可见，同时还可见到河中飘摇不定的丝丝水草和历历游鱼。河面上，轻舟快船，帆影蔽空，竹排木筏，桨声欸乃，南来北往，非商即客。河的东岸，则密密麻麻列着无数女子，或髻或辫，却一例将衣袖挽得高高的，浣衣濯裳，淘米洗菜。

不，我不写。有山有水的小城，在莺啼千里的江南，多如牛毛，数不胜数。

《窑神的胸怀》摄于景德镇珠山大桥

这不是昌南的精华所在。再说，这也是陈年的历史了。

那么，写你的坯房吧？昌南的坯房大多躲在逼仄的小弄堂里。坯房中的那一双双手，虽然粗糙，却是那样的灵活，拉坯，修模，汶水，描花，上釉，上下翻飞，让人眼花缭乱。最令人讶异的是炼泥工，他们用的是脚，那赤脚竟能将泥团一瓣一瓣地踩作莲花，竟比一双双手还要灵活。

或者，写你的窑房吧？昌南的窑房很奇特，窑房用粗壮的槠树支撑，却不像屋柱子那般笔直，

《青花大龙缸》 摄于景德镇普祥斋

《氤氲》 摄于景德镇景德西大道

《柴垛的传说》 摄于景德镇古窑民俗博览区

而是歪东倒西，奇怪的
却是就这歪东倒西的东
西，千年来也不曾坍塌。
把桩师傅掌握着烧窑的
火候，他们有火眼金睛，
能够仅从炉火的颜色或
是从烟囱口上吐出的唾
沫就辨识温度，决定着
添柴还是开窑。

《永远的青花》 摄于景德镇昌江河中

　　不，我也不写。坯
房塑泥，窑房炼火，纵然这是两道极其关键的工序，但是，在过手七十二
的生产线上，在昌南人同心协力的精诚合作面前，它们微乎其微了。

　　看来，只能写你的瓷了？

　　我常常想：粗砺的泥土加上水的揉捏会变得如此柔软，而经过火烧后
会变成坚硬细腻的瓷，着实让人对土对水对火对瓷充满了好奇与敬畏。以

《清影自照》 摄于景德镇古窑民俗博览区

土为前身，以水成其形，以木全其质，以金点其彩，在熊熊火光中获得其璀璨的新生，瓷，可谓是集金木水火土于一身的灵物。

昌南所产的瓷，莹缜如玉，自唐代便有假玉器之说。我想，这一玉字不仅仅是言色泽，更是内涵，玉质就是瓷质。山会平，水会枯，而瓷一旦成器，便只有破碎而永无变型。宁为玉碎，不为瓦全。零落成尘碾作麑，犹是当时骨与肌。

瓷，是一件灵物！产瓷之地，亦绝非俗物！

昌南山青水清，水土宜陶，昌南人杰才俊，志同道合，占尽这天时地利与人和，才孕育出这玲珑剔透熠熠闪光的瓷。瓷，是大自然对昌南人的恩赐，是昌南人智慧与力量的结晶。瓷，是昌南这座小城的精髓所在，是其走向世界的魅力所在。

哦。瓷器，china，China，中国。

昌南，昌南啊，我要把你叫昌南。

甲申年正月十二

8

景陶瓷厂

其实，也不一定非得是景陶瓷厂，换成其他任何一个诸如建国、人民、红光、东风的瓷厂都可以。只不过，因为我家母亲在景陶瓷厂上班，所以，我会更熟悉以及更有感情一些罢了。

不管是百度地图，还是高德地图，在新厂东路的南面和昌河南路的西侧，夹着一大片几乎没有任何标志的空地，那就是当年的景德镇陶瓷厂，简称景陶瓷厂。当我在地图上一寸一寸地浏览和抚摸着这片空地时，心中充满了感伤。

当然，也实地去走过。大门封死了，从旁边一截断墙里绕进去。当年窗明几净的车间，如今堆满了垃圾，落满了灰尘，不时窜出一只硕大的老鼠来。车间外面，则杂木丛生，青苔横地，麻雀叽叽喳喳地飞起，才飞了几步，复又停下来，若无其事地继续觅食。

故地重游，触目惊心。那一日，站在景陶瓷厂高大的红砖厂房中间，我深深地理解了老杜所说的：城春草木深。原来那并不是描绘草长莺飞的春日之美，而是抒发荒无人烟的无限悲凉啊。

当年的景德镇，有十大瓷厂之说，后来还建有十大瓷厂博物馆。然而，到底是哪十家，却说法纷纭。所以，所谓十大瓷厂就是个笼统的说法，或

《物是人非》摄于景德镇原景德镇陶瓷厂

者说它还可作更宽泛的理解，它们就是景德镇大大小小瓷厂的代表啊。就好比蜚名盛声的珠山八友，其实也并非八人。

景德镇陶瓷厂不在十大瓷厂之列，因为景陶瓷厂主打的是建筑陶瓷。当年，他们生产的"三角"

《宝莲灯》原景德镇瓷厂生产的三角牌面砖

牌釉面砖享誉国内外，出口免检。据说景陶瓷厂的经典作品是为景德镇饭店绘制的3平方米的《桂林山水》和为景德镇市二院绘制的6平方米的《百鸟朝凤》陶瓷壁画，不过，我只看过图片，无缘得见实物。

从前，我并不知道瓷器还有日用瓷、艺术瓷和建筑瓷的区别，只知道都是瓷器，都是瓷厂，而且我发现几乎家家户户都有在瓷厂上班的人。那时候的瓷业工人是非常自豪的，尤其是国营大厂。景陶瓷厂也是国营大厂，不过，它的形成和十大瓷厂好像有些不同。

当年，我曾经很奇怪，从我的家龙缸弄到我的学校邓家岭这一段，怎么到处都是人民瓷厂呢？后来，看到相关的史料，我才明白了：十大瓷厂

《相望》摄于景德镇原建国瓷厂

都是由私营小作坊改造而成的。人民瓷厂则是由两百多家坯房和16座窑场组合、发展而来。景德镇沿河设窑，依窑成市，居民里弄本也是依着坯房、窑房而成的。这也就是我所看到的每个弄堂里都有人民瓷厂的缘故了。

至于我会有那样的疑惑，则是因为我所看到的景陶瓷厂不同。景陶瓷厂的正门是工业风格的办公楼，只要进了那道有三角牌标志的大铁门便是厂区了，大路横平竖直，厂房规格统一，一排一排，整整齐齐，俨然待检的士兵。

小时候的仰视和平视已见出规整，后来在地图上看到厂区的全景平面图时，才更是吓了一跳，景陶瓷厂居然如此的方方正正啊。方方正正，很显然，那是从建设之初便有规划的。同样被规划的还有与景陶瓷厂毗邻的全国唯一的一所陶瓷学校：当年的景德镇陶瓷学院，如今的景德镇陶瓷大学。

这里叫陶阳路，这里是南河岸边，这里有可以上溯到五代时候的民窑遗址群。这里的特殊意义，不必多言啊。

只是，俱往矣，俱往矣，多少风流，烟消云散。

创造了当年十大名牌商标之一的景陶瓷厂，于1997年彻底停产。然而，在此之前，还有更惨烈的，那就是十大瓷厂一夜之间集体下岗。窑炉里的温度还没有冷却，素净的白坯还晒在架上，设计室的花纸才画了一半，说说笑笑来上班的工人们，在厂区门口被告知"改制了"。

《依旧新桃换旧符》摄于景德镇原青花文具厂

《不离不弃》摄于景德镇原为民瓷厂

《记忆》摄于景德镇老厂

《璀璨陶溪川》摄于景德镇原宇宙瓷厂

《你是唯一》摄于景德镇陶瓷大学原校区

　　改制了，对工人们而言，其实就是失业了，集体失业了。这场猝变，对于很多家庭来说，无异于一场灭顶之灾。我觉得，正好可以用瓷业生产中的一个词来形容，那就是"倒窑"了。

　　"倒窑"是术语，指出大事故了。倒窑，有时是几根匣钵倒塌，有时是整窑瓷器全部粘在一起。造成事故的原因很多，可能是外在的气候条件，也可能是满窑时候用了破损的匣钵，还可能窑炉本身的质量以及老化变形等。

　　我没有看过倒窑，听人家叙述，那叫一个惨不忍睹。但是，我似乎看过比倒窑更惨烈的，我看过像森林似的面砖柱子整体倒塌。

　　那是在景陶瓷厂的包装车间里，原本码得像柱子似的面砖，也不知什么缘故，倾斜、掉落，然后坍塌。有人试图上前去扶，却完全失控，根本就扶不了。瓷的柱子一根波及一根，又波及到下一根……瓷器破裂的声音尖锐而刺耳，夹杂着女人们的各种尖叫声。惊天动地后，瓷柱的森林变成了碎瓷片的小山，白花花的刺眼。周围还有人被飞溅的碎瓷片划伤了手或脸，鲜血淋漓。

　　空气中和鼻腔中弥漫着飞扬的尘土，喧嚣，嘈杂，混乱，突然间全无，陷入到一片死寂之中，大人们呆若木鸡。我，一个十岁的小女孩，夹杂在大人们中间，仿佛一只小木鸡。那个场面太可怕，至今回不了神。

　　　　　　　　　　　　　　　　　　　　　丁酉年七月十二

北

北乡公所在昌南

1

浮梁纪行（新韵）

兴田乡城门村

兴福都里久盘恒，银杏树下水一湾。

烟雨村中逢故老，得闻程氏锁西南。

江村乡严台村

莫道羊裘钓信微，稻花香里备新炊。

富春桥下护村水，严子溪前燕子飞。

黄坛乡操村

今朝闻道客将至，忙罢田间忙灶台。

惇本碑前鞭炮响，家家争捧果肴来。

西湖乡磻溪村

磻茶不至市难开，金奖当年顺手摘。

赫赫声名今暂落，辉煌重现有吾侪。

湘湖镇九英山村

山中自是少尘埃，斜径畅通无阻塞。

梅雨连宵春水涨，青萍漫过垄台来。

洪源镇洪源村

碧水一弯草半萎，稚龄钓叟把鞭垂。

轻波还道鱼将出，却是蝴蝶款款飞。

丁酉年末

2

行走在高岭上

去高岭，目的很明确的，我要去看那些白色土。在无数文字的催化与强化之下，那片白色的土地早已经成就了我的一个梦想：那是蕴藏神奇的地方，那是孕育神秘的地方。

转车，转车，再转车，转弯，转弯，再转弯，我们被搁置在了一个不知是山脚还是山腰的平地上。送我们上来的老乡说，现在是旅游淡季，可以从后山绕进去，不用买票。我们笑笑，谢了他的好心，却没有多说什么。

我想，我们的到来和旅游无关。若说旅游，这恐怕不是一个好去处。果然，在我们这行人踏遍了这座山岭的时候，也没见着一位游人，偶尔碰到的只有几位乡民，或是荷锄耕作，或是提篮走过，他们对着我们很淳朴地笑，也很诧异地看。

是的，我们的到来和旅游无关。而且，也正是源于这样的想法，我早就有了某种心理准备。纵然如此，当踩在这片土地上的时候，我还是有些惊讶：高岭，竟然只是如此一片毫不起眼的山林！而且，我要看的白色土，它在哪里？

我所知道的高岭是瓷的源头。是死后的小黑龙将满肚泥浆化作了晶莹的白色粘土，是天上的神仙指点高岭村村民懂得了白色土的开采与使用，

《凝望》 摄于浮梁县瑶里镇高岭村

《麻仓人家》 摄于浮梁县瑶里镇南泊村

这，才有了昌南瓷的璀璨。

我知道，高岭是瓷的源头。因为有了高岭土，才有了宋真宗景德年间的被赐名，至于宋应星在《天工开物》中首次对高岭土的记载，至于传教士昂特雷科莱最早向欧洲披露高岭土制瓷的秘密，至于地质学家李希霍芬让 kaolin 走向世界，那都已经是后话了。

高岭，眼前的这座山。这座山里，曾经凿凿有声，粗眉阔肩的汉子们唱着歌，采着矿。日暮时分，他们的温柔贤惠的妻，便在山下守望着他们的归来，以至于现在的山脚下还保留了一座古朴却典雅的亭——接夫亭。接夫亭，很直白的名字，一点也不含蓄，但是，却充满了生活的气息，充满了人世间的男欢女爱，以及人世间的烟火燎绕。

是的，当年，这里很热闹。如今，这里却是一片寂静，寂静得让人有

《行走在高岭上》摄于浮梁县瑶里镇高岭村

些着慌，偶尔一声枯枝落地，响得让人心惊。我们都有些不知所措了。茫然地走着，忽然间，林间传来啄木鸟的声音，它用它的尖喙敲打着树洞，声音清脆而悠远，带着亘古以来的笃定和安然，不由得让人的心也静了下来，生出一种既来之且安之的念头。

这样一来，失望便淡了许多，缘着石阶而上的路也不那么漫长和沉重了。仿佛就是为了这么一种效果，就在这个时候，远远地现出一条白花花的路面来。我说是白色土，有人说是水泥路。几个人便作了两派，打赌，大家大呼小叫跑向前去。

然而，既不是原始的泥土路面，也不是人工的水泥路面，是一条白砂子的路，曲曲折折，一直蜿蜒进了郁郁葱葱的林木深处。这条白砂子的小路，

《出山》摄于景德镇休闲广场

静静地躺着，在阳光下闪烁着耀眼的光芒。我有些震撼于眼前这从未看过的景象，但是，我还是心有不甘：这不是白色土！白色土呢？传说中的还有那梦想中的白色土呢？

　　一惊一乍的心情让接下来的路走得有些心不在焉，一不小心，踩在了路旁。青苔滑落之处，有些白色的粉末也滑落下来。看着这些白色的粉末，我忽然心有所动。我急急地扒开路旁的山体。果然，里面全是白色的。这座山林的不同原来是在里面！我所要看的白色土全在里面！在青青的绿草或是干黑的苔藓下，你会看到那一片白色的土，细细的松散的沙土。

　　把高岭想象成一片白色的裸山，那是我的幼稚和天真了。我忘记了时间它很调皮，它喜欢作各种各样的修改和涂抹。高岭，这座矿山，在未被开采之前，或许是白色的，或许是绿色的，但是，可以肯定它一定是坚硬无比的，否则它不可能被称之为山。然后，它被发现了，被开采了，在淘洗提炼之后，白色的瓷土被运出了山中，剩下的尾砂则被弃于地表。

　　这些白泠泠的细小尾砂，有一部分，因为有了人的行走，走着走着，便走成了一条路。日复一日，年复一年，风吹雨刷，那些细小的泥土被吹走、被刷走，只剩下了眼前这些大颗大颗的砂粒。而另有一部分，或者说绝大部分，却在不知不觉中绿草茵茵、林木森森，不复它们初来地表时的模样。只是，这期间，究竟经了多少年，又历了多少劫，只有光阴才知道了。

　　看到了白色土，我已是心满意足。然而，行至高岭最高处，却又还有一处截然不同的别致风貌。这里是一处乱石堆，全是大块的石头，光滑得连一茎草也不生。导游牌上介绍说，这是采矿后形成了空洞，山体塌陷，

《东埠古码头》 摄于浮梁县瑶里镇东埠村

风化所致。看着这些金鸡石，我忍不住想：在很久很久以前，这上面是不是曾经覆盖了绿色的植被呢。没有去寻找答案，我很快地便固执地坚信了：有的，因为它是山。曾经是，现在还是。

野火烧不尽，春风吹又生。人们喜欢用这句诗来形容生命的顽强，其实，那不算什么，因为春草它原本就是在的，它不过才经历了一个春去秋回一个寒来暑往罢了。我今日所见之变迁，却是从无到有，以及从有到无，这一切，只能用一个词概括，那便是：沧桑。

丙戌年十月十一

3

浮梁原来并不远

记忆中,浮梁是个很古远的地方。远到唐代,唐代白居易写了一句诗:"商人重利轻别离,前月浮梁买茶去";远到宋代,宋代出了一位高僧,名叫佛印,宋代还建了一座佛塔,塔身是红的,便俗称了红塔;远到元代,元代时候设立的浮梁磁局,统管了景德镇的瓷业,专门烧制御用的卵白瓷;甚至于明,甚至于清……

因了这些,二十年前,当我们的春游之地定在红塔的时候,我们忙着准备干粮、水壶和运动鞋,兴奋得差点没睡着,好像要出的是一趟从未出过的很远很远的远门;十年前,当我那供职于浮梁的朋友来看我时,我不亦乐乎,念在有朋自远方来的份上,当朋友对我大谈浮梁与景德镇的变迁时,我也就迁就了他而连连点头……

浮梁,好远,无论时间,无论空间。二十多年前的中学生,十多年前的大学生,便一直是这样的记忆了,这样的记忆一直绵延到连儿子都成了肩背书包的小学生。

儿子说他想游泳。带他去了游泳池,人多得像鸭子打架,而且那水质也实在不敢恭维,粘粘的,总觉得身上这痒痒那痒痒。于是,有朋友建议说:"去浮梁县吧。那里的水好。"我瞪大了眼睛看着他。太夸张了吧。不就游

鱼眼逐景——昌南风情录

《翻开历史的书页》 摄于浮梁县古县衙风景区

《闲时忙里》 摄于浮梁县湘湖镇进坑村

《白日丽飞甍》摄于浮梁县古县衙风景区

《清流锁玉山》摄于浮梁县洪源镇宝石公园

《云天下》 摄于浮梁县鹅湖镇桃岭村

个泳吗？却还是去了。两家人，四个大人两个小孩，将一辆的士塞得满满的。好像也没过多长时间，居然就到了，也并不贵，才十几块钱。

原来在那浮梁大桥下已经形成了一个天然的游泳场，有经济头脑的乡人更是搭建了两间简易的更衣室，坐地收费，同时兼卖个泳衣出租个救生圈什么的。我们也租了两个大轮胎，给儿子们套上，由爸爸们护着，在水里折腾起来。这里应该是昌江河的上游了吧，水清得几乎见底，绿绿的，柔柔的，招惹得儿子们折腾了两个多小时也不肯起来。

当暮色渐渐浓密，河水也透出凉意的时候，我们终于强行地把儿子们拽上了岸。朋友说："就在这里吃了饭再回去吧。我知道有一家排档的味道很不错的。"大家便一致地都说了"好"。浮梁县是个安静而又不失热闹的小县城。滨江的那一段路上，悬挂了一串串的小灯笼，被灿灿华灯一映照，红艳可人，却并不招摇，展露出的是一种半敛半放的美。

小县城里的排档将桌椅全都露天地摆放在了人行道上，因为行人并不多，好像也并没有影响交通，然而，排档里的食客却众多，几乎没有空闲的桌椅。我们点了炒田螺、炒鸭掌等，又要了几瓶啤酒，便在这摇摇曳曳的树影灯光中，在这有一阵没一阵的清风中，喝酒、吃菜、聊天。喝酒都还罢了，最过瘾的是吃田螺，直接的就用手捏了田螺起来吮，滋滋有声，唆巴完的田螺壳也不用客气，就直接的扔下地，叮当作响，比及酒楼中的小心翼翼，实在是一份说不出的酣畅淋漓。

《初醒》摄于浮梁县湘湖镇九英山村

　　聊天儿那自然也是天一句地一句的，儿子们不耐烦听我们的闲聊，便偷偷夹了别人大脚盆里的红壳大龙虾，躲到一旁的树底下玩起来。待我们收拾完汤汤水水，儿子们也把龙虾收拾成了二等残废，连前螯都断掉了。大度的店家倒也没有说什么，只是笑笑，把那"伤兵"扔回了大脚盆中。儿子们对那龙虾还有些恋恋不舍，磨蹭了不肯走。

　　但是，他们的注意力很快就被街边的汽枪摊子给迷住了，花花绿绿的小气球，挂了满满的一排又一排。摊主极其热情地招呼了儿子们去玩。朋友的儿子是玩过的，拿起枪便打，噼噼啪啪，差不多百发百中，摊主的脸色便有些不好看了。轮到我家儿子打时，我连连说："我儿子第一次玩。肯定玩不好。"然而，事情却偏偏古怪得很，连保险都不会开的儿子，居然也连连命中，摊主的脸色是真的不好看了。我们嘻嘻哈哈地说着要把儿子送去练射击，只当没瞧见那脸色发白的摊主，我敢保证若有下次那摊主准保装着没瞧见我们。

　　我们后来却还真的再去过，儿子恋上了那里的水，我们自己好像也有那么一点儿。我们一家三口常常是骑着摩托车便去了，轻轻便便地。浮梁原来并不远，它就在我们的身边，就在我们现时的生活中，朴素，温婉，细碎。

　　　　　　　　　　　　　　　　　乙酉年六月三十

4

守望清澈

　　我知道，她原本叫窑里。窑是窑房的窑，烧制瓷器，其历史可以上溯到唐代中叶。南京的故宫遗址以及北京的一些建筑工地上所出土的文物中就有产自于此处绕南村的青花瓷片，足见其瓷器销量之广之远，也足见其当年之繁荣昌盛。

　　她现在叫瑶里，瑶是瑶池的瑶，是王母娘娘遗下的一滴甘露，是珍珠，是美玉，是人间的仙境。这里有保持完好的原始森林苍苍莽莽，有飞流直下的瀑布如烟如雾，有景德镇的最高峰五股尖秀丽奇绝。这里还有一种茶，名叫崖玉。崖玉，想想这名字，都让人心旌摇曳，那是高高的山崖间碧绿的裴翠，凝了日月之光华，聚了天地之精髓。

　　在我还不知道她叫"窑里"的时候，在她还没有被国家旅游总局确认为"国家 AAAA 级景区"的时候，我便去亲近过她了。活了二十年，我第一次在清澈的水声中醒来。十多年后的今天，我认为那水声其实应该用清冷或激越来形容，但是，在当时，我感觉到的就是清澈，一如那时候清澈的心境。

　　二十岁，没有见过什么世面，也不懂得所谓的历史底蕴，甚至于连人情世故也不懂得。只听说到同学家去玩，稀里哗啦地一大群人便去了，也

《天光云影共徘徊》 摄于浮梁县瑶里镇

没考虑人家家里是否可以接纳得下我们如许多的不速之客。我们到了之后，把同学的哥嫂及侄儿赶到了老丈人家去住，才给我们腾出两间房来，女生一间，男生一间，宛若学生宿舍。好在是夏天，也不需要被子，横七竖八地睡了满屋。

那时候的交通不像现在这么便利。记得我们是正午时候上的车，直到晚上七八点钟才到。天都黑了，啥也看不见，跟着同学深一脚浅一脚地走，心情却好得很，嗓门也大得很，七嘴八舌的，仿佛一群夜归的麻雀。直到把一切安顿下来，也吃了人家临时蒸出来的饭，这时，我们才感觉自己累了，倒在床上，登时成了一堆狼狈不堪的烂泥，怎么入睡的，不知道。

《梦里廊桥》 摄于浮梁县瑶里镇

　　醒来的时候，只感觉四面水声，像在剔透玲珑的水晶宫里。那个时候其实才蒙蒙亮的天，然而，大家全都一骨碌爬了起来。在那微熹的晨光中，我们又成了一群躁聒的麻雀，把鸡吵醒了，把狗吵醒了，把人也吵醒了，被吵醒了的还有明丽如画清雅如诗的瑶里。青山坐拥，绿水中流，山光水色，好鸟相鸣，木桥横跨，老樟矗立，曲巷古埠，鸡犬怡然，粉墙黛瓦，翘角飞檐，须翁稚童，农夫村妇……这便是二十岁的我们所看的那时候的瑶里。

《眉眼盈盈处》 摄于浮梁县瑶里镇东埠村

后来，我还许多次地去过瑶里，陪了客人，陪了爱人，陪了家人，甚至于独自一人，却再也没有了那第一次时的清澈之感。或许是因为太熟悉了，或许是因为我变了，或许是因为瑶里也变了。

瑶里的人多了，这样一个有着自然风光，又有着古镇风貌，还兼有茶瓷文化的地方，慕名而来的人络绎不绝，带来了欢声笑语，带来了烟头和易拉罐，还带来了山外的文明。于是，瑶里的当地人却少了，身强力壮的年轻人全都走了，求学，打工，或是婚嫁，只剩下了老人和孩子，还有猫，那猫蹲在漆黑的门前，百无聊赖地玩着自己的尾巴。而那老人和孩子们似乎也少了往昔的慈祥与天真，他们不会再好奇地打量那从门前走过的游人，尾巴似地

《碾过岁月》 摄于浮梁县瑶里镇南泊村

跟出去老远；他们也不会扯了你的衣角，要你买了他家的干蕨木耳，当然，他们也不会热情地邀请你去屋内歇歇脚。他们的眼神很安详，安详得有些空洞，他们的身影很安静，安静得有些落寞。

　　曾经在网上看过一个小帖子，标题叫做：不要再说别墅了，农民要笑死了。现代人对别墅的要求是依山傍水，空气清新，鸟声叽喳，最好还有自家的小菜园，种了那白的萝卜，绿的波菜，想吃了就到园里去现摘。若是抛开屋内那金碧辉煌的装修以及围着屋子的漆黑的铁栅栏，这是什么？这不就是农民们现在进行时的生活吗，所不同的大概是现在的农民们已经不用粪肥，而是用那方便快捷却让人心有余悸的化肥了。

　　当然，这样的一种担忧，在目前的瑶里是多余的。瑶河的水真清，清澈见底。我知道，这里对河水的治理很严格，而且禁渔。瑶河中有大大小小的游鱼。我不喜欢那些尺把长甚至于更长的大鱼，它们大概是放养的，已经被养得懒懒的，整天就绕着那石桥的桥墩游移，等着游人喂它们食物。当然，也有老老少少各色游人喜欢在这桥边喂了这些懒鱼，这是瑶河上的一景，这也确实有趣。但是，我喜欢的是那些小小的野鱼，它们居无定所，四处游动。有阳光的日子，它们的鳞片闪闪发光。没有阳光的日子，天空和河水都显得有些阴翳，它们却像了那宣纸上的淡墨。它们自由自在，它们心无牵挂，它们是那水中的懂得快乐的精灵。我不是鱼，但是，那鱼儿的快乐，我想我是知道的。

去年的大年初二，我又去了瑶里。或许是因为过年吧，游人不是很多，而穿着新衣的年轻人却多了起来，还有那穿了大红衣服到河边涮痰盂的女子，脸上有一抹羞涩，想来是新婚的嫁娘。老人和孩子们的眼中多了一些温暖，以及溢满喜庆的快乐。新修的祠堂敞着大门，两旁的长廊上摆放着两挂龙灯，色彩艳丽，光泽熠熠，一看就是新扎的。我们问这花灯什么时候舞，乡民说要等到初三以后，游人多了的时候再要开场面来。

听得这话，我心头的一丝不安又涌上来。城里人厌倦了都市生活，到乡野间寻求放松，可以理解。乡民们对五光十色生活的向往，也是可以理解的，这就像城里人喜欢了山明水秀一般，人生总是充满了换位的好奇。问题在于，都市人偶尔停留之后便踏上了归程，重新开始他们都市里的拼搏与厮杀，他们是点水的蜻蜓，而乡民们的生活却是被点过之后的水面，涟漪阵阵，久难平复。乡民们似乎已经不是在过自己的日子，而是把日子过着给别人来看，从而换得一些微薄的纸币钢镚。对于这样一种文明的介入以及对文明的迎合，我有某种程度上的心酸。

徘徊在瑶河边，我有些怅然。一阵风过，居然有隐隐的幽香。循香而去，原来是那桥边有一株腊梅，开着淡淡的小黄花。这自严寒而来的幽香倒是清澈的，而且，似乎亘古以来都不曾改变过。清澈，还是有着守护者的，而我，愿意一起守望。

丁亥年三月廿六

5

这一刻，西塔看夕照

　　如果我说，这一刻的阳光是温暖的，我想，你一定会同意。如果我说，这一刻的阳光是祥和的，我想，你一定也会同意的。

　　对于这样的一个时刻，确切地说，我们是守候了的，守候了大约二十多分钟吧。我们等待着，有一句没一句，天一句地一句，说着细细碎碎的不着边际的话。

　　冬日的太阳下落得很快，暮归的鸟儿们"呀呀"地叫着，契妇将雏地赶回自己的家，以免在黑夜来临时迷失了方向。我们也有家，我们知道，在我们身后，在那红尘深处，在那黑夜里也霓虹点点的地方，有我们各自的家。但是，这一刻，我们却滞留在了这西塔之上。

　　因为，我们想看看落日。

　　这是久雨之后一个初晴的日子。鸟雀尚懂得呼晴，何况我们。

　　这一刻，且让我们看看落日。

　　那耀眼刺目的光芒终于渐渐地敛了，明晃晃的太阳凝聚成了一个红彤彤的小圆球，仿佛悬在天边的一颗樱桃，鲜亮得几近透明。而那原本很纯净的天空却忽然涌出了许多的薄薄的丝一样的云彩，高低错落地萦绕在了樱桃的周围。

这一刻，我们真的看到了落日。

那落日在山头上变幻着它的魔术，它将云彩不断地排列组合，显出浓浓淡淡深深浅浅的层次来，还有那各种各样的色彩，更是花样无穷，胭脂红，蟹壳青，碗豆黄，象牙白，玫瑰紫，翡翠绿……真是极尽奢华。

在这样的一个冬日里，秋虫们的长吟短鸣早就销声匿迹了，我们也早就惊谔得停止了大呼小叫。周围很静，静如太初。

是的，静如太初。当年，鸿蒙初开的时候，这一切也就是这样的吧。日月星辰，山川河流，花草树木，凡此种种，都是多少年前的自然造化了啊。

我们的古人们习惯于在黄昏的时候伤悲，李商隐说"夕阳无限好，只是近黄昏"，晏殊说"夕阳西下几时回"。是啊，也许明日太阳会重新升起，但它已不是今日的夕阳了，而明日的那人也不

《西塔西照》 摄于浮梁县古县衙风景区

《刺破苍穹》 摄于浮梁县古县衙风景区

是今日的看夕阳的人了。一日将尽,一年将尽,甚至于一生将尽,怎不让人戚戚呢。

今人不见古时月,今月曾经照古人。宇宙永恒,而人生真的很短暂,又还要面对许多的别离,芳草无情,更在斜阳外,斜阳正在,烟柳断肠处,写的尽是一些与亲人友人的别离,也难怪我们的古人们郁郁寡欢。

《看夕阳》 摄于浮梁县古县衙风景区

而此时此刻的我们,却是难得的相聚,有你有我有他,我们富足得像个富翁啊。我们又天真得像个孩子,欢欢喜喜地看落日,看这大自然里永恒的魔术。我们虽然少了孩子们的欢呼雀跃,但是,放下了家中的柴米油盐和甜酸苦辣,放下了红尘中的轻重厚薄与亲疏缓急,我们真的回复到童

《城楼的背影》 摄于浮梁县古县衙风景区

年，无忧无虑无牵挂。

李贺说"飞光，飞光，劝尔一杯酒"，以求挽住时光那匆匆的脚步，还有宋祁那"为君持酒劝斜阳，且向花间留晚照"，在今日看来，竟也都是多余。我们什么都不要，我们只要这一刻的富足与天真，还有从容。

这一刻，且让我们看落日，安安静静地看落日。是的，只是看看落日而已，很简单很纯粹的一个小小愿望。

在这温暖而又祥和的斜阳下，没有潮涨潮落潮生潮灭的心事，也没有半醒半醉半真半假的故事，甚至于连花开花落云卷云舒的淡然都不是，我们只是静静地坐在这个山头，看着那落日。温暖而又祥和的阳光，静静地洒了我们一身，一如亘古。这一刻的光阴，短短，长长，极其奢侈。

四周安静极了，青山和树木已变成了黑魆魆的影子，肃穆而庄严，模糊却稳妥，像一位历经了沧桑的沉默不语的老人。不知不觉中，华灯已上，灿灿地照亮了身后的那一片烟尘，仿佛暗夜里的一片星光。

丙戌年冬日

6

北乡公所在昌南

北乡公所，这是一个快要被湮灭在时光中的名词了吧。

我自认为对景德镇还是有些了解的，然而，直到那一日，御窑景巷中的瞎逛，我才知道曾经还有过这么个地方。当然，朝阳巷里的无意中闯入，却也串连起了很多关于北乡的零碎信息。

北乡，不是景德镇之北，而是浮梁之北，指蛟潭、经公桥等地。昔时的北乡有"一桃墅二江村三沧溪四港口"的说法。可见桃墅算是当年的北乡之首了。

据说，桃墅原作桃树，因为这里重重叠叠生长着数不清的桃树，漫山遍野，满峰满谷。花开之时，仿佛一片绯红的云海，让人忘了今夕何夕；花开之后，碧桃累累，树枝几乎贴地而生，甚至有将树枝压断者，凡有过往者只管摘了这碧桃来解渴润嗓。

此地紧邻徽州，交通便利，乃贸易殷盛之处。徽商往来，便有赚足了银子的商贾们在此掘地筑屋。又有爱了此地的文人士子们流连忘返，搭茅棚建草堂，晴耕雨读。当然，还有说汪氏先祖避战乱来到此处，艰苦创业，重建家园。如此种种，久而久之，蔚为大观，俨然桃源别墅一般，索性就改了旧名而称作桃墅。

《时光的深处》 摄于景德镇朝阳巷北乡公所

《桃花灼灼》 摄于浮梁县西湖乡桃墅村

　　桃墅也称昌北，和被称为昌南的景德镇，一南一北护佑了县治浮梁在中间，昔时的浮梁就有"南有景德镇，北有桃墅镇"的说法。北乡公所，应该就是以桃墅镇居民为核心的聚集议事之所吧。

　　只是，北乡公所在昌南小镇上。

　　景德镇是个没有围墙的手工业移民城市，工匠，商贩，历来就是四面来客八方杂居。虽说"景漂"一词这些年才出现，但是，早在北漂、海漂之前，就已经有了景漂一族啊。

　　漂在外面的人，为了保护自己的利益，为了寄托自己的乡思，自然而然地便会因地缘关系而成立各种同乡会，例如湖北会馆、湖南会馆、山西会馆等，当然还有以天后宫形式出现的福建会馆。

　　至于小一点的州县级会馆，我也曾略知一些，诸如徽州会馆、饶州会馆、南昌会馆、都昌会馆、丰城会馆、苏湖会馆等。我却

《秧田如镜》 摄于浮梁县江村乡严台村

还真不知本乡本土的北乡居然也设有会馆。

细想一下原因，可能是由于他们以北乡公所、西河会所、余家祠堂的面目出现，直接地让人忽略了吧。再细想一下呢，其实，就算是天主教堂、清真寺，它们也是承担了一部分会馆功能的，只不过它们那外乡人的身份要更远更外一些罢了。

当年，景德镇的行帮制度是非常严格的，各司其职，不得逾越。据说，北乡公所所承担的是船运。"陶舍重重倚岸开，舟帆日日蔽江来。"这倒不由得让人想起浮梁的得名原因了。原来浮梁人一直就懂得靠水吃水呢。

说到浮梁，不由得又想到它的另一重镇：瑶里。

瑶里原称窑里，自然就是烧瓷器的地方喽。因为土好水好，还盛产烧窑用的松柴。自五代时起，瑶里便产青白瓷，比昌南镇

《向阳门第》 摄于浮梁县勒功乡沧溪村

还要更早些。这窑可不是谁人都能烧的，把持不好，前功尽弃。俗话说：没有金刚钻，不揽磁器活。

为什么要提到瑶里呢？因为，浮梁县城呈圆形，中有一河 S 形贯城而过，这就使得整个县城犹如一幅太极阴阳图。辖区内的北方桃墅镇、南方景德镇和东头瑶里镇，遥相呼应，似乎又组成了一个大圆，将浮梁古县城团团围在了中心。阴滋阳润，尽得日月之精气，吉祥如意的风水宝地呀。

但是，历史的变迁，谁又能知道呢。

若干年后的今天，浮梁县依旧是县城，却已为景德镇市所辖。旧日的清代县衙淹于洪水，隳于战火，倒了，却又重修了。修复后的古县衙维持旧貌，只上了一层清清的桐油。古县衙的四周长满了桃树，每年春天，桃花灼灼而开。掩映在桃花丛中的宋代红塔，金顶金铃，在春风中唱着悠扬的歌。气势恢宏的古城门楼下，是一条用瓷板瓷片铺就的文化长廊，记载了浮梁的所有繁荣。

桃墅镇则成了一个小小的村庄，默默地立于景德镇的最北端，碧绿的菜畦和金黄的油菜花，迎送着一个又一个的日出日落。当年主管军事兼管窑务的巡检司早已不见了踪迹，规模巨大的保存完好的大夫第被一砖一瓦地编上号，拆了，搬了，精心地复原于清幽雅致的古陶瓷博览区内，作为明代民居的典范被人们欣赏着、指点着。

瑶里镇也已经不再产瓷，而是以画山绣水吸引着四方游客。春风起时，山花烂漫，花影摇曳，花香醉人。瑶河里的水清澈见底，河中的游鱼长二三尺，慢慢悠悠地游在水中。点缀于山水之间的是一处处五代以来就已经存在的古窑址，还有那一架架春釉的水碓，千百年来，仍旧咚咚有声，仿佛一曲不老的歌谣。

景德镇市却很忙，从置镇千年庆典，到创建旅游城市，各种忙碌着。招商引资，盖楼建馆，修桥筑路，插花种柳，景德镇启动和完成了一系列的美化、绿化、

《近水人家》 摄于浮梁县经公桥镇港口村

亮化工程。被我一头撞进去的御窑景巷便是老城保护的项目之一。

千年，仿佛只一瞬！

说来也真是神奇。那日，我误打误撞闯进朝阳巷北乡公所旧址，那厚重的老木门下竟然放着一口老旧破钟。看似随手丢弃，却又似精心安排，到底是有意还是无意，我竟揣测不出。不过，又如何呢，于我而言，我反正是到时光的深处走了一回的。

丁酉年九月廿八

7

这个春天，遇见茶

身处茶乡，茶之香，如日夜呼吸的空气那般，无时无刻不在身边弥漫着。然而，这个春天，这样地遇见着，还是恍然如一场艳遇。

对于"茶"，有人说应当把它从柴米油盐酱醋茶这七俗事里拎出来，放入琴棋书画诗酒花这七雅中。我好像没有特别强烈的感觉，我既不认为雅便是阳春白雪的正经追求，也不认为茶处下里巴人的俗便失了身份。

茶就是茶，可以品，可以啜，可以饮，也可以解渴，还可以参禅悟道。今春，以茶相交，我们结了个清风社。大学时候，校园里曾有个三闲书屋，所谓三闲，据师长所说，乃闲钱闲暇闲心也。彼时的清贫学生，何处得三闲？倒是今日，这样一些妇人们，真正享了三闲。

清风社的活动很杂，听过音乐会，觅过山中笋，吃过农家宴，拍过臭美照……在定期却随意的茶会中，胡吹海侃过，大到习主席携夫人出国，小到脸上长了一颗小痘痘，远到刘备为啥得了江山又失了江山，近到这茶盏是挑长命百岁还是挑儿孙满堂呢？

一路走来，丁香说她现在烧的菜比以前好吃了，呆呆如我，竟然学会了梳理各种发型。唯一有些嘀咕兼不满的是石榴，她是会茶艺的，每次，我们都坐享了她的茶，然后，还七嘴八舌地说赏了美色。她说：不知道的

《瓷雕：品茗》 摄于浮梁县古县衙风景区

《春来瑶草碧》摄于浮梁县臧湾乡

还以为我在跳脱衣舞呢。

最惊艳的当数在勒功吧。时至今日，她们还是常常沧溪长沧溪短地提及。我当然也是喜欢沧溪这个名词的，沧浪之水，清溪之畔，南风徐来，花枝摇曳，那是怎样一个明媚如绣的春日啊，把我们一起生生地醉倒了。

但是，我还是更想用勒功这个地名。回家之后，曾经查找过得名缘由，未果。我总觉得，这样一个硬朗的地名，应该在历史上有过一番惊心动魄吧。勒，那是用刀深深地刻下；而功，则是用血肉之躯去博取啊。想当年，汉家大将窦宪勇破匈奴，立下赫赫战功，乃在燕然山上勒石而返，后世这才有了勒石燕然之功业。

我们这样一群妇人自然是没有也是不向往的。爬了山，游了村，吃了饭，采了叶，装模作样喝人家的茶。主人家真真是好客，杯盏壶，轮番上阵，我都不记得到底喝了有多少种茶汤。车间里刚出来的绿茶不必说，五千块一斤的名茶也不必说，最难得的是居然喝了一壶75年的祁红。

《清心》摄于 2015 年瓷博会御窑国际茶会

鱼眼逐景——昌南风情录

《琥珀光》摄于浮梁县勒功乡

　　这般多样的茶，自然忍不住要说说喝出来的感觉，有说像鲁迅像沈从文的，有说像地底草根像天上轻云的。这，也算是另一种斗茶吧？昔年，李清照和赵明诚避难青州，归来堂中，曾以斗茶为乐。他们比的是谁能更准确地记忆出某段文字出自于某书某页，赢者方得有茶可喝。我们，可是轻松多了，而且人人有喝。

　　初夏来临的时候，因为要回原学校处理一些事务，异乡求学的儿子回家来，我也终于在自家的小客厅里，和他喝了一回茶。那个时候，我感觉到，一切一切原来都是早就安排好了的。因为，今年初，姐夫送了我们一套他亲自设计的茶具，这次终于正式出场了。而在合肥，替我们照顾儿子的小五姐，更有喝下午茶的习惯，我家小子在她家常进常出的，也就有了喝喝茶的念想。

　　我们家的茶具不齐全。没有竹托，我用了一个托盘和一个大汤碗来替代；

没有小电壶，我就用大壶一次烧一点点水，反正是凑合着来呗。茶的品种倒是多样，有我自采自制的野茶，有茶厂里买来的今春新茶，有他姑姑从福建带来的铁观音，有我朋友从云南带来的普洱茶，当然，也有他爹办公室里蹭来的品质一般的红茶，以及他外公特意留给外孙子喝的白茶。

这真是一场盛宴：绿茶如碧玉，红茶如琥珀，白茶如文士，观音如大汉……我对边玩游戏边喝着茶的小子说：下次你回来的时候，我们会有一套齐全的装备了。说出这话，我知道，今春的茶之艳遇，画了一个完美的句号了。

癸巳年四月廿九

《蝴蝶儿飞》摄于浮梁县湘湖镇

8

华伢妈妈是奶奶

在我们这里，"妈妈"其实是"奶奶"的称呼，"伢"则是对小孩子的通称，如"女伢""崽伢"。华伢妈妈的长孙小名叫"华"，大家便叫了她"华伢妈妈"。

十多年前，我刚生完小孩，婆婆还在上班，没空照顾我和儿子，便请了她来帮忙。于是，在那月子里，我就成天和她打交道。

华伢妈妈是一位很可爱的人。她眼观六路，耳听八方，能说会道，穿着斜襟的大褂，系着蓝布围裙，俨然一位阿庆嫂，似乎只少了手中的一把大茶壶。

听说，华伢妈妈年轻时很"吃价"，招了两个上门郎，同时同地同居在一个屋檐下。当婆婆给我谈及这些的时候，我像听了传奇故事一般。于是，我试探着请她讲年轻时候的故事，她也并不推辞。于是，我知道了她的爱人随着方志敏打游击的故事。

她说，他又高又壮，脊背像青石板一样厚实，胸膛像炭火一样滚烫，他背着系了红布条的大刀，他的手上还绑着做记号的红布条，那两抹红色在麻麻亮的晨光中特别的耀眼。是她，依依不舍的却又亲手送郎上了战场。原来还真是一位阿庆嫂哩。

当然，当年的小媳妇，如今已经青春不再了。那个时候，我所见到的华伢妈妈已经七十多岁了，她的头发稀疏得像秋后的草地，然而，头发虽少，她却总是梳得整整齐齐的，一丝不乱，在脑后盘成一个小小的髻。华伢妈妈裹了小脚，走路一摇一晃的，然而，做事却利索，烧锅做饭，端汤送水，一点也不显出老相来。婆婆说，请她帮忙，看中的也就是她的清爽。

婆婆还说，请她帮忙，其实也是在帮她的忙。因为她虽然有两个儿子，却谁也不管她，把她赶来赶去，像苍蝇似的嫌弃着。她创下了巨大的家业，给两个儿子各自做了新屋，而她却只能睡在老屋里，靠自己卖一些小零食来度日。

华伢妈妈很能干，打阴鉴，挖草药，做纸衣，安魂，收吓，治嗝……农村里那些半迷信半科学的东西，她全都会。我想，这大概也正是她年轻时候"吃价"的原因所在吧。

不过，最让我爱和她打交道的还是她满肚子的俚语村言："冤枉钱，顾眼前。""百草皆是药，看你

《和奶奶一起》摄于浮梁县臧湾乡杨家庄

《老姊妹们》摄于浮梁县蛟潭外镇礼芳村

《村头》摄于浮梁县鹅湖镇楚冈村

《温暖的冬月》摄于浮梁县兴田乡程家山

《老时光》 摄于景德镇三角井

《剥茶籽》摄于浮梁县经公桥镇经公桥乡

要不要。""吃着盐和米，就得讲道理。""十根猪毛抵不得一个鸡毛。""宝宝长得好啊，十个人看了九个人爱，叫化子看了打泼菜。"……我总觉得，我后来对民间文学的喜爱极有可能是源于和她的这段交往。

俗话说，家有老，是个宝。何况是这样一位博学多才勤劳能干并且劳苦功高的老人。我实在想不通她的儿子们为什么会那样地嫌弃于她。

婆婆给华仍妈妈开的工钱很高，这让她很感激，除了细心照顾我和儿子以外，她把许多份外的事也抢着做了，比方说洗衣服、晒被子之类的。而我的那个月子也就坐得特别长，将近三个月，最后还是她自己主动提出来不做了。在那之后，我才带着儿子回到了城里，我自己的家中。

后来，逢年过节的，我们带着儿子回乡，总会在村里的小市场上看到她。她提着个小篮，篮里有些蛋糕糖果什么的。我们让儿子叫她"奶奶"，儿子总是毕恭毕敬地叫了。她每一次都感叹："弟仍长这么大了。"然后，她忙不迭地抓起些东西要塞给儿子："弟仍，吃东西，吃东西。"

儿子是不接那些东西的，因为他瞧不上眼。我们也不接她的那些东西，因为那是她的生计。我们曾经试过买她的东西，她却不卖给我们。她是一个聪明的老人，知道我们是同情她。但是，她更是一个有尊严的老人，她不需要这种同情。那么，我们尊重她。

壬辰年四月十七

【东】东司岭头寻都司

1

我们是鱼
—— 写于御窑景巷

漫游

时光的深处

烈焰的光芒

如水一般漫漶

熳游

空巷的深处

雨滴的清凉

如火一般烂漫

蔓游

灵魂的深处

旗袍的芬芳

如草一般蔓蔓

慢游

如鱼儿般，慢慢游
诗，和远方，和苟且
携手，登岸

丙申年三月十二

2

龙珠阁下我的家

我不是这个镇上的人。

在我还是婴孩的时候，母亲一手抱了我，一手拎着花布的小包袱，怯怯地随在父亲身后，来到这个镇上，做了随军家属。父亲是军人，英俊挺拔，像一棵干净利落的白杨树，他吹拉弹唱无所不会，将手下的一群兵们佩服得五体投地。年轻的母亲则以贤惠和能干而出了名，于是，小小的家中便总是挤满了人，之所以不说客人，因为他们一概的都称了母亲作"大嫂"，而要我叫了他们作"叔叔"。

我的这些叔叔们一概的绿军装，很多时候，我其实分不清谁是谁谁又是谁。所以，只要见着是绿军装，我都叫"叔叔"，在这个不大的军营里，只要我叫上一声"叔叔"，总会有人搭理我的。我的这些叔叔们高矮胖瘦，操着南腔北调的普通话，性情也各不相同，但是，正是这些叔叔们却让我在这异乡的土地上有了一些家的感觉。

铁打的营盘流动的兵，我都不知道我叫过多少人作"叔叔"了，我的叔叔们换了一茬又一茬，我却一直留在了这里，直到把这个名叫景德镇的小城当作了自己的家。

我的家在珠山脚下，龙珠阁下我的家。

《龙珠阁下的我家》 摄于景德镇罗汉肚

《龙珠阁下的我家》 摄于景德镇斗富弄

那时候的珠山是一座荒山，并没有金碧辉煌的亭台楼阁，人们只是依着旧时的习惯称了这个地方为"龙珠阁"。那时候，我听不太懂那纯粹的镇巴佬话，于是"龙珠阁"在我听来便成了"隆聚角"。这实在是一个很奇怪的名字，这究竟是一个什么样的角落，当我以疑问去询问于我的同学们时，她们都说不出个子丑寅卯来。

我的同学们回答不了我的问题，却教会了我让大人们也咋舌的本领，那就是溜电线杆儿。珠山的南面是政府大院，北面和西面都是民房，东面却临街，于是砌了一道高高的围墙。也不知是哪个调皮的孩子，在围墙上对着电线杆的地方挖了一个洞，首次勇敢地抱着电线杆滑了下去。于是，洞被越挖越大，电线杆被越磨越光滑，每到放学时候，许多孩子便聚在那里玩这游戏，因为人多，有时竟然还得排队，也就有了维持秩序的头儿。

我的那些女同学们一点不比男生逊色，她们抱着电线杆子"哧溜"一声滑下去，居然还可以抱着杆子"噌噌噌"地爬上来。我在羡慕了无数次之后，也提心吊胆地滑出了我的处女滑，有了成功的第一次，接下来那就不可收拾了。但是，无论怎样的努力，我始终没有学会往上爬，这一点让我至今也还深感遗憾。当然，在那个时候，为了这溜电线杆儿，我们大家伙都没少磨破裤子挂破衣服什么的，自然也就没少挨骂。

女孩子自然也有许多只属于女孩子们的活动，比如，绣那歪歪扭扭的花，钩那松松垮垮的围巾，打那漏洞百出的毛衣，画那丑得不能再丑的美人图，还有那编钥匙扣、收集玻璃糖纸、跳皮筋什么的，却总不及在珠山上疯玩来得开心。那时的珠山真是我们的乐园，堆雪人打雪仗，追蜜蜂逮蝴蝶，扮警察抓小偷，"躲夜猫猫"，或是用残缺的琉璃瓦做了锅碗瓢盆"扮酒酒窝"。

那时候的珠山应该是被荒芜得很久了，草长得有半人高，我们总是被

《龙珠阁下的我家》 摄于景德镇民窑博物馆

告诫"小心有蛇"。于是，在上山的时候，我们总是推推搡搡地作神作脉地不肯走在了头里，但是，每到玩起来，大家便忘了一切，再深的草丛也敢钻了进去。后来，学到鲁迅先生的《从百草园到三味书屋》，看到百草园，看到美女蛇，我第一个想到的就是珠山，我想，那里就是我的百草园，只是，我们怎么就从来冇看过美女蛇呢，想来是因为：我们只是一群疯丫头，而不是青年才俊吧。

后来，后来，也不知怎的，日子比那滑电线杆儿"哧溜"得还要快，一眨眼间，就晃过了童年，晃过了少年，甚至于晃过了青年。在岁月的流淌中，有些东西无声地流逝了，却也有一些东西默默地沉淀下来，我渐渐地知道了御窑厂，知道了大龙缸，知道了师主庙，知道了景德瓷……我知道了珠山是景德镇的制高点，知道了龙珠阁是景德镇的城标，我还知道，无论我生活在这个城市的哪个角落，龙珠阁下总是我的家。

如今，童年时候的那一群伙伴早就作了鸟兽散，散在了这个城市的各个角落，西瓜洲、观音阁、黄泥头、中渡口、老鸭滩、三闾庙……大家各自忙了自己的事，难得一聚。龙珠阁，"隆聚角"，我真希望它成为隆重聚会的角落啊。

要说起来，龙珠阁也还真成了隆重聚会的角落。珠山被修整一新，珠山上建起了飞檐翘角雕梁画栋的龙珠阁，阁内珍藏了景德镇历朝历代的名

《瓷灯柱》 摄于景德镇休闲广场

《老樟树的守望》 摄于景德镇龙珠阁

瓷，青花粉彩釉里红，彩绘刻花玲珑眼，时常有了国内和国外的陶瓷爱好者们前来参观，他们带了翻译，带了相机，带了放大镜，他们小心翼翼，怀着一份朝圣的虔诚。

　　但是，我总觉得少了些什么，也许是市声和人气吧。我常常从龙珠阁下经过，我总会放慢了脚步。高高的龙珠阁翔丹滴翠溢彩流光，仰望起来，也颇有巍峨之势。山上的那棵老樟树经了风历了雨，却依然枝繁叶茂，它斜斜地探着身子，高高的围墙也围不住它的浓密绿荫，它或许也是想说一些什么的。我们童年时候无忧而又无知的笑声，或许是亵渎了这片土地的神圣，但是，它今日人造的庄严肃穆，还有那几十块钱一张的门票，将身边的市民们全都拒之了门外，这是不是另一种亵渎？

乙酉年腊月初九

3

向南就是南门头

大凡以"门"来命名的地方，多半是指城门，比方说北京的天安门，比方说苏州的盘门。而景德镇的东门南门却是个例外，它们得名于一个厂子，那就是明代时候开始设立并一直延续的御窑厂。当然，这些是我在长大之后才知道的。

打小，我就奇怪，为什么有东门南门，却没有西门和北门呢。我几乎问遍了我所认识的大人们，他们几乎都不曾正面地回答过我，却几乎又有着相同的回答："向南就是南门头。"

我小的时候，住在龙珠阁，连东门头都觉得是个遥远的地方，就更别说南门头了。然而，遥远的南门头却并不陌生。

景德镇的前街一直就是商业街，南门头那一片尤其繁华与热闹：沿江旅社可以洗很舒服的澡，景雅理发厅可以剪很时髦的头；公和圃有很好吃的包子，回民食堂的清真食品那更是别具特色；受之照相馆拍的照片真是不赖，人民电影院里则有很精彩的电影，惹得猴孩子们总是和检票员们捉迷藏；还有那专门收鸡毛的废品店，也是让孩子们每年都得光顾的，没有那换来的鸡毛牌子可是报不了名的哦。

我读小学在邓家岭，读中学在半边街，若说读书是为了理想，那么，

《甜蜜蜜》 摄于景德镇人民公园

我的理想可谓是一路向北。然而，我的梦想却一路向南。向南，向南，向南就是南门头。那时候，没有珠山大桥，走到南门头，还真是到了西和南的尽头了。从前有过这样一段顺口溜："一路车，两个头，黄泥头，南门头。"那时候的一路车是景德镇的唯一一条公车线。可见得，南门头确实当得起尽头的。

南门头，那是空间上的遥远。不仅如此，南门头，亦是时间上的遥远。

或许是受了《城南旧事》的影响，"南"字好像总是带了许多的怀旧气息。古老的北京城南，小英子看着远道而来的骆驼，学着它走路，学着它们咀嚼食物，那绿底红花的大袄儿似乎还有着冬日暖阳的温度，然而，却只是眨眼之间，一切就成为了昨日。小英子说："爸爸的花儿落了，我也不再是小孩子。"而我，也常常在身尚未老时，心却已开始作暮年时候的回忆了，

《剃头》 摄于景德镇韦陀桥

《炸油墩子》 摄于浮梁县古县衙风景区

回忆南门头的树——南门头的树没了。

童年时候的南门头，悬铃木齐刷刷地站了两排，枝繁叶茂，枝叶相交，将小城的热闹与繁华掩映在枝叶丛中，像是一位羞答答的少女，犹抱琵琶半遮面，欲说还休。而现在，那些树被砍了。没有了树木掩映的大街，就像个一览无遗的粗俗村夫，而当它那些并不体面的瓷砖玻璃被太阳晒得明晃晃的时候，它则像一个充满着市侩气的暴发户了，咧着嘴，似乎总想让别人看到他那新镶的大金牙。

《悬铃木的街头》 摄于景德镇新风路

《补补》 摄于景德镇迎瑞弄

《老弄堂》 摄于景德镇龙船弄

我想：将树木砍去，大概是想学了大城市里的高楼林立和霓虹闪烁，但是，我们这样的街头上哪去找那鳞次栉比的繁华以及车水马龙的热闹呢？它没有，其实，它也不需要。

所以，我又想：也许是因为悬铃木每到春来便会生出许多的碎末，迷了路人的眼，所以砍了。但是，那春天里的游丝软絮正是江南小镇的风情所在啊，散漫，慵懒，迷离，飘来飘去，像一只小手，挠得人心里痒酥酥的，更像那满腹的相思之情，解不开，挣不脱……那已经成为历史的御窑厂似乎更需要这样的点缀。

向南，向南，向南就是南门头。然而，很不幸的事情是，站在今日的南门头，我没有了方向感，无论时间上，还是空间上。

戊子年腊月十四

4

东司岭头寻都司

小镇原名昌南，是个千年古镇。

在通常的想象中，既是古镇，就应该是粉墙黛瓦飞檐翘角的古建筑，屋旁或是屋后一棵虬枝苍劲的老树。树是老的，叶儿却是油油的绿，庇护出一大片浓荫来。至于屋前呢，要有一条青石板铺就的小路，最好还有一道或是两道深深的辙痕。

然而，在这个小镇上，没有。小镇盛产的是瓷器，房屋和小弄堂都是用窑房里废弃后的旧窑砖给建造和铺设的。久经烤炙的老窑砖，又小又瘦，又暗又硬，实在是太不起眼，就更别说好看了。

在这个小镇里，最好的砖，是用来挛窑的，也就是搭建窑房。在这个小镇里，最好的窑，是御窑。御窑，在珠山，在这个小镇的最中心地段。我见过一些旧时的手绘地图，无一不是以它为核心。

话说在御窑厂正门西侧有一小弄，名叫东司岭。这条小弄堂，虽然也还是一样的老窑砖铺就，却因为毗邻御窑厂，竟多出许多的故事来。

首先是地名。有一种说法是这样的：东司乃厕所之意。东司岭就是当年御窑厂的厕所所在地。将厕所称为东司的，好像源于唐代。时至今日，赣方言中也还有不少地方保留了这个发音，景德镇就是如此。只是，将厕

《里弄人家》 摄于景德镇新当铺弄

《捡窑砖》 摄于景德镇东门头

所建于高坡上而不是低洼之处，这好像多少有些讲不通。再者，它也明明在御窑厂的西边啊。

大约也是觉得讲不通吧，《景德镇地名志》上对东司岭的记载是这样说的：此处曾设都司，故称都司岭，后人谐音说成东司岭。都司是旧时设置于地方上的军事机构，类似于现代的军区。想想御窑厂如此重要的地方，还真得重兵保护才行。所以，这一种应该是可当作正解来读的。

至于都司如何被谐音成东司，史书上并没有多说。我倒是觉得，可能是民间有意无意的误解误读吧。一则，都司是啥，离那坊间老百姓们的生活多远啊。东司却熟悉得很呀，一日里谁不要去个几次。以自己所熟悉的事物来代替不熟悉，不是太正常的事情么。以讹传讹几次，都司也就传成了东司。

《窑粘》 摄于景德镇古窑民俗博览区

　　二则呢，当年的御窑厂和都司那是啥地方。对于坊间老百姓来说，不说敲骨吸髓，那也是抽筋剥皮啊，这样一个让人痛恨的地方，正好两者发音也差不离，索性直接就用那五谷轮回之所取代了那高高在上的官府衙门。哈，这不是各种民间故事里都有的中国式的民间幽默么。

　　不管哪样吧，反正都司岭后来就成了东司岭。你若有兴致的话呢，可以去寻一寻都司的遗迹，也可以去寻一寻东司解决内急。

　　东司岭和御窑厂一样，南北走向。这样一来，很有趣的便是：南

《老铺子》 摄于景德镇麻石弄

《品瓷观画》 摄于景德镇红店街

北走向的东司岭仿佛一把木梳的脊背，沿着它一路排开的梳齿是祥集弄、新当铺弄、老当铺弄、程家弄、詹家弄、毕家弄。这在景德镇的弄堂中是并不多见的。因为景德镇沿河设窑，因窑成弄，弄堂几乎都是东西走向。当然，也有那南北走向、连通相邻两条弄堂的，通常都很短，往往也只附属成某某横弄。像东司岭这样雄壮的还真没有。

东司岭上建有丰城会馆，据说挺气派的。不过，我没有任何印象。也不知道是无缘得见呢，还是因为它被各种改造而变得面目全非，即便被我看到也直接给忽视掉了。

之所以如此说，是因为虽然我家住在龙缸弄，但是从东门头到东司岭到南门头，各种四通八达的小弄堂，我们一群野孩子们，只要放了学，就在这些弄堂里窜来窜去，不敢说一草一木都很熟悉，但是，一家一户还是很清晰的。而且，也真是要感谢那些带着我一起疯玩的老同学们，是他们让我这个部队大院里的孩子，也体会到了坊间生活的乐趣，是他们给了我一个有回忆的童年。

《戏里戏外》 摄于景德镇五王庙戏台

　　我的小学在一个叫邓家岭的地方。那时候，还是由人工来拉绳打钟的。铃声一响，无论老师学生，大家都得听了指挥进教室去。好神气的钟声，我们便总想也拉上一拉。年迈的光头校工，大概有七八十了吧，精神矍铄，大家都叫了他"虾公"。我们一群丫头片子们虾公长虾公短地叫他，把他哄得高了兴，他便许了我们放学后拉一拉那绳，把我们美得乐滋滋的。如今，虾公早就作了古，连我们的学校都被拆迁成了菜市场，我成了一个没有母校的人。

　　我的同学中很多都是窑工们的后代，她们带了我去捡煤渣，捡贴花后剩下的棉纸，她们甚至于带了我去偷石膏模具和胚子。那些东西白白的，可以用来涂白球鞋。我们那时候把白球鞋叫做"白底子鞋"，现在想来其实是"白力士鞋"（回力鞋）的音误，就像虾公我也一直觉得可能是"校公"的音误，但这一切都已经无从考证了，反正我一个半景德镇人听得是半懂不懂的。

　　我的同桌是一位铁匠的儿子，住在沿河的浮桥旁边，他对我说，每到洪水季节，他们一家便被困在小阁楼上。开始时，他们总是担心那些打铁的工具会被水给冲了去，然而每一次水退后，那些个炉啊锤啊总是安然无恙。于是，他们便不再怕了水，涨水时候正好歇了工，安心地用绳索吊了小竹篮下来买青菜。我的这位同桌成绩不是很好，小学毕业便缀了学，做了他父亲的小徒弟。现在的他应该是一位膀大腰圆的汉子了，不知他有没有也收了他的儿子做徒弟。

　　我还记得一位女同学，她是我们的班长。我想，老师让她做班长极有可能是因为她比我们要年长几岁。她在家里是长女，她带着我们这些黄毛丫头们也就像个大姐似的。有一次到她家玩，我发现她家墙上有一个黑不溜秋的图形，好像是圆圈中一条翘尾的鱼。我觉得很古怪，便问那是什么。她飞快地打落了我的手指，很神秘地说："那是被雷给劈上去的鱼。"那是我第一次听到和看到天打雷劈，这对我而言是极有威慑力的。小小的我惴惴了好几天，生怕我的不敬也招来天谴，神秘的东司岭上也让我有好几日不敢去靠近。

　　……

　　简单而又淳朴，舒缓而又欢乐，不羁而又敬畏，这该是童年生活的主旋律吧。那个时候，整个小城的人们基本上都过着这种的生活。如今，小城正在慢慢地改变着她的面貌。说句实在的，我有些不太适应这种改变，尤其是用各种时尚而又洋气的楼盘命名来作为地标，却全然没有了故事。东司岭不再，东施效颦却在上演。唉，在我身尚未垂老之时，我的心却已开始作暮年时候的回忆了。

丙申年三月廿三

5

昌江水

上了年岁的男人们回忆往事时，多半爱讲他们做后生伢子的时候，整个夏天都泡在清凉的昌江水中，快活如一尾小鲤鱼。

同为窑巴佬的后人，昌江水对我们这些女子似乎就要严肃得多，昌江水抚摸过的只有我们的双手双足以及一张素脸。

还在做姑娘的时候，我们便要一大早地穿街过巷到江边去，淘米、洗菜、担水……水声阵阵，唤醒慵懒的日头。

出嫁为人妻后，更是辛劳，白日里的里里外外忙完之后，每到夜晚，我们还要用竹篮子提着一大家子人的衣衫到江边去洗。碎银一样的月影，还有那蛙鸣蛐蛐声儿，是我们夜夜的伴侣。

书院里的教书先生也是每天都到江边担水，他爱念什么"日日思君不见君，共饮一江水""长安一片月，万户捣衣声"，我们不懂那是什么意思，但先生念得极投入极有韵味，我们便也跟着念，却被各自的男人横眉喝止了。

我们更加小心翼翼地为人母。昌江水的流淌中，肩头的娃娃会爬会走会带小弟小妹了。我们依旧在昌江水中漂洗着，洗好的床单衣服多半就晾在河边的鹅卵石上，娃娃们常在那床单衣服的间隙间跳来跳去，有时也会

用渣饼打出一两个漂亮的水漂，惹得细伢子们大呼小叫地羡慕不已。

昌江上，不时有竹筏结队荡过，有小篷船连裾飘过，吃水很深，船夫们撑得好生辛苦。它们打哪儿来？它们又到哪处去？它们所载的可否就是我们男人用血汗烧铸而成的晶莹如玉的瓷器？我们不知道。

我们什么也不知道。我们不知道这条河有多长？我们不知道河的对岸是什么？我们只知道，这昌江河底的无数渣饼是烧瓷之后剩下的废弃物，如许多的渣饼倾倒在这昌江河中，日复一日，年复一年，昌江河的河床却并没有因此而变得狭窄，昌江河的河面也并没有因此而被抬高。

我们还知道的是，沿着这昌江河走动，会有许多的渡口。在渡口乘了

《百里昌江第一村》摄于浮梁县兴田乡城门村

《晨曦初照西瓜洲》摄于景德镇昌江大桥

小船，摆渡过去，往很深很深的地方走，有一座庙叫三间庙，庙里的菩萨很灵，香火很旺，去进香的人很多。每逢香日，我们也会去进香，求菩萨保佑了一家人的平安。

听说有位写书的老先生讲："女子是水做的骨肉。"可不是么，我们日日在这江边淘米洗菜，即使是冬天，河水冷得刺骨，我们也要赤足裸臂地在水中浣衣，我们边洗还边要惦记着男人的鞋底未纳娃娃的寒衣未缝，想

《江南雄镇立此处》摄于景德镇观音阁

《渔舟唱晚响彭蠡》摄于景德镇吕蒙大桥

《滩过鹅颈是官庄》摄于景德镇历尧大桥

《菜花香里是丰年》摄于景德镇昌江区丽阳乡

到艰难心酸处，往往是泪水和汗水一起跌落到江面。我们这些女子啊，可是把一生都倾注在了昌江水中，这不是以水为骨肉构造了一生么？

只是，昌江水啊昌江水，浸润了我们一生的昌江水，我们可否比得上你江心那油绿柔软的水草？

丙子年正月

6

家在珠山

《谁的窗》 摄于景德镇迎祥弄

　　北京叫胡同苏州称小巷的东西，在我们这个小镇上被叫做"弄"，像什么刘家弄、麻石弄、水府弄、银匠弄、财神弄、斗富弄等等……

　　小镇原名昌南，以瓷而闻名，宋真宗景德年间赐名为景德镇。景德镇四周群山环抱，市区平坦如砥，而市区中心却有一山突兀而起，成五龙戏珠之势，故名珠山。珠山上有一亭，名字叫做龙珠阁，可以尽览昌南小镇之秀色。地方志上说，宋以后的帝王皆看中这处龙脉，在此处设立御窑，烧制龙缸。只是，若干年以后，龙缸不烧了，龙珠阁也坍塌了，而珠山却依旧在，在它的脚下还衍生出一条里弄——龙缸弄。

我童年时的家就在龙缸弄里，密匝匝的民居和作坊，瓦棱连着瓦棱，地上铺着一长溜光滑如镜的青石板，两旁的屋檐下有雨水滴成的小窝窝，而屋门正中的圆镜子上则明晃晃地折射着阳光的灿烂，有些人家的矮墙上还用匣钵种了些许植物，像宝石花、太阳花、鸡冠花之类的，这些草本植物不需要人的精心料理，却长得分外茁壮。

童年时，父辈们忙于生计，无暇顾及我们这些细伢子，我们正好成天地在珠山上疯玩，像一群被流放的小羊。那荒芜一片的珠山可真是我们童年时的乐园，那徜徉在珠山上的童年哟，爬树枝掏鸟窝，追蜜蜂逮蝴蝶，躲"夜猫猫"，扮警察抓小偷，或是用残缺的琉璃瓦做锅碗瓢盘"扮家家酒"，一本正经地过着没有柴米之忧的快乐而又轻松的日子，那珠山上有着数不清的野花野草和野果，任由我们把它们想象成美味佳肴……

《明清作坊》 摄于景德镇建国陶瓷文化创意园

《珠山大道》 摄于景德镇珠山大道天桥

《南门头》 摄于景德镇珠山大桥

《御窑长廊》 摄于景德镇中华北路龙缸弄口

珠山上有棵很大的老树，枝繁叶茂。当年我们在那珠山上歌哭笑骂之时，它总是静静地看着我们，看着我们这群繁衍在珠山脚下的子孙们。如今，当我们的童年在不经意间成了往事的时候，我读懂了它沉默不语的沧桑，也知道了龙缸弄的土地里有龙缸的碎片，有窑巴佬们的心血和白发，龙缸弄的天空下有龙缸的传说，有风火神童宾，有督陶官唐英……我知道了一切我们童年时所不知道的光辉而又沉重的历史。

少年时期，我便搬出龙缸弄，远离了珠山。但是，对珠山的思念和关注却并未减退，相反，随着时间和空间的遥远反而日益强烈。作为坏房佬的后人，我一点一滴地看着听着感受着珠山的变化：珠山顶上又一次地建起了流光溢彩的龙珠阁，珠山脚下也一长溜地建起了御窑仿古长廊，长廊里卖高科技的ＶＣＤ，卖亮丽的服装，卖缤纷的化妆品……还有土生土长的得雨鸡、得雨茶在和麦肯姆、肯德鸡们较着劲，俨然一片繁华，但是，瓷呢？我们祖祖辈辈们引以为荣的有珠玉之称的瓷器呢？你为何芳踪难觅？

再也看不到那"烈焰张天"的盛况了，再也听不到那"陶歌十里"的雄壮了，再也感受不到"工匠来八方，器成天下走"的自豪了。多少大型瓷厂关门停产，多少瓷业工人凄然下岗，多少鸽子在不再冒烟的烟囱上筑起了新巢，安居乐业。又是多少次在珠山桥上凝望龙珠阁啊，无论晴朗或是阴雨的日子，龙珠阁都熠熠闪光，那是瓷都的天然制高点啊，那是瓷都的标志、是瓷都的象征。但是，这焕然一新的龙珠阁掩饰不了瓷业的衰落，更无法掩去我们的珠泪晶莹。

往事如烟，往事是一朵无法采撷的烟花；历史如梦，历史是一场无法驱散的梦幻；但是，现实是痛啊，现实是一种难言的痛楚，为我的瓷魂，为我的珠山，为我的景德镇。

丙寅年五月十四

7

江南春

　　初到江南的人，其实是不习惯的，因为，江南的春天是从落叶开始的。

　　我们这个被称作昌南的江南小城中，以樟树居多。在我们这里，樟树是常青的，经了冬，历了霜，到得初春时候，樟叶一片楮红，状如枫叶。然后，春雨每下一次，那树上的楮色便少一分，在楮红中冒出头来的是柔软的新叶，绿得近乎透明，而地上则多了一些憔悴的硬硬的老叶。终于有一天，树上已见不着一丝斑驳，耀眼的是一片青翠。

　　而每到这个时候，草色也早已过了遥看方有的时刻，稠密若海，浓得似乎要滴落下来。这个时候，你若穿一袭绿衣行走于青草间，你会有一种错觉，仿佛你也是其中的一朵。这样的时候，总是免不了一些细雨的，小而迷蒙，密而空灵，如烟如雾，如丝如缕，扑面不寒，沾衣欲湿。

　　人们把江南的春雨叫做杏花雨，也叫做催花雨。因为，那雨总是在杏花开放的时候淅淅沥沥地下着，又似乎是那雨急急地把杏花以及其他的一些什么花给催促得争相绽放了。雨润了，花开了，万紫千红的春天便到来了，马蹄牛掌以及人足和车轮都被熏得有了香味。

　　其实，山茶花是从冬天里就一路走来的，凝重的绿叶间，千朵万朵，一直开到春末，也不肯歇了它热烈的红艳。迎春则是金灿灿的，它们早在

《春来木叶发》 摄于景德镇陶瓷考古研究所

　　冬天的时候便憋了一口气，要占得东风第一枝。果然，第一阵东风吹起，它们便迫不急待地撑开了芽苞。迎春还有个好听的名字，叫"步步金"，每到春来，小碎花在小碎叶间步步为营，青黄相衬，璀璨无比。

　　在我们这个城市里，有一种叫做泡桐的树，和桃李一样，都是先开花后长叶的。泡桐的花有着厚厚的荚，很长的一段时间里，泡桐花的白总是在黑色的荚中若隐若现，然后是呼之欲出，忽然有那么一天夜里，它们就燃烧了起来，烧成了一片火焰，一片白色的火焰。泡桐花的白其实不是很纯正，但是，这并不妨碍它花朵的硕大和厚实。泡桐花开得急，落得也总是很急，看着它们像雨点一样地落下，有一种壮烈的感觉。

　　江南的冬天少雪少冰，春天便也就没有了什么冰雪融化，春江水暖以及春江水满都在悄悄中完成。当柳丝变成柳条的时候，当樱花树上绿肥红瘦的时候，当莺歌燕舞蜂飞蝶闹的时候，你一定得去看水，青山环绕下的

《春天的诗行》摄于景德镇植物园

《美人如玉》 摄于景德镇韭菜园

《景德镇市树：樟树》 摄于景德镇昌江区徐坊村

《蓝水晶》摄于浮梁县王港乡马墩口村

的春江水。白居易说:春来江水绿如蓝。韦庄说:春水碧于天。果然有道理。阳光明媚的日子里,江南的水不是绿的,也不是透明的,而是蓝色的,湛蓝湛蓝,如一块蓝水晶,那是因为整块的蓝天都倒映在了其中,澄澈,纯净,明亮,像婴儿的眸子。

乍暖还寒时候,最难将息。冬衣脱了又穿上,穿上了又脱下,如此反复几次之后,满街都是花衫花裙子了。三十岁上下的少妇远比少女们爱打扮,厚的薄的,长的短的,各式各样的衣裤鞋袜,形形色色的首饰配件,红唇皓齿,青鬟翠眉,环佩叮当,衣香鬓影,她们也像繁花一样,在春风春雨中尽情地争妍斗艳。

这个时候,高兴起来了的还有那些小麻雀们。它们似乎是预先得知了某些消息,又似乎是事先被给予了某些警告,于是,它们只能在灌木丛中偷偷地举行着庆祝。在一片灰褐色的枯枝败叶间,它们自以为它们那灰褐色的羽毛能够瞒天过海,然而,枝条的颤动早已出卖了它们欢快的跳跃,它们那叽叽喳喳的叫声也早已将它们的行径泄露。

欲开先落，欲藏却露，欲敛犹扬，欲说还休，乍睛乍雨，忽冷忽热，且停且行，没边没际，颠三倒四，稀里糊涂，江南的春天便这样的成了一场混乱，没有秩序，没有逻辑，不讲道理，不守规则。但是，当人们意识到这点的时候，往往已是阶前草绿和屋后林木竞秀的时候了。

这样的时候，树已藏鸦，溪水也染透了鱼虾，青蛙们开始对着我们的家思念起它们的家。我们这个城市是个小城，许多的地基都掘于当年稻香一片的地方，当年，禾苗摇青于此，麦穗流金于此，按说起来，也正是青蛙们的故国家园，怪道那梁间檐前会缠绕着它们那呱呱呱的乡愁了。

黄梅时节家家雨，青草池塘处处蛙。不知不觉，春已逝，夏天，到了。

丙戌年三月十八

《景德镇市花：茶花》 摄于景德镇植物园

8

昌江河里做条鱼

　　你说，这儿是一个湖，我说我同意；我说，我要做一条鱼儿，你却露出了诧异的神情。是的，怨不得你会诧异。你在水中，而我在岸上，无论如何，也轮不到我来成为一条鱼儿的。

　　但是，你可曾想过，你所说的湖泊只是一个"像"字，并不是说它真的就是一个湖泊了。所以，我所说的做一条鱼儿也只是一个"想"字而已。

　　这儿真的很像一个湖。袅袅婷婷的昌江一路走来，虽然飞花溅玉，却平铺直泻。行经这个叫做青塘的地方，却仿佛有了一些迟疑，先是来了个大转弯，行不多远，又来个大转弯。四下里环望，蓝天白云，青山相拥，这片小小的水域还真成了一个被青山温柔呵护着的小湖。

　　这儿的水很静，平滑如丝绸，平滑得似乎感觉不到水的流动。那江水折断的小山将湖面作了镜面，争先恐后地往水中探看，似乎是为了看看它们那缀满了青青翠竹的衣衫。

　　你像一条鱼儿，在水中变幻着各种花样，仰泳、蛙泳、蝶泳，还有随心所欲无拘无束的自由泳。你纠正我说，自由泳并不是乱游，也是有着规范动作的。我则撇了嘴说，那还叫什么自由泳。我想象中的自由泳就是想怎么游就怎么游、爱怎么游就怎么游，哪来的什么模式。

《珠山大桥》摄于景德镇麻石弄

　　或者是认可了我的观点，或者是不屑于同我争辩，你转换了话题，你指着水中的水草对我说，这是鱼儿们的森林，它们正在聚会，正在嬉戏，正在私语，正在畅谈……

　　你的话语让我感到有趣，因了这些话语的诱惑，我赤了足，挽了裤腿，轻轻走了下去。真的有鱼，小小的，二三寸长，几乎和水色一样的透明，不注意还真会忽略了它们。鱼儿们怕人，我一下去，登时就搅乱了它们，它们仓皇地四下里游开了去。

　　我不敢再举步，在水中站立如石柱，一分钟，二分钟，三分钟……鱼儿们也就渐渐地把我真的当作了石头，还用它们的小喙轻轻地碰我的小腿和脚背，或许在它们的心里是存了一些小小疑问的：今天这石头怎么是热

《昌江大桥》摄于景德镇白鹭大桥　　　　　　　　《浮桥》摄于景德镇中渡口

的呢？

　　鱼儿们的小喙触得我痒酥酥的，我忍着没动。我的心里也没敢乱动。我记得有这么一个故事的：有一个人和江边的一群海鸥是好朋友，他每天都拿了食物来喂给鸟儿们，他的父亲知道后，要他第二天抓一只回家来，结果第二天的时候，他同样的再去喂鸟，鸟儿们一只也不下来啄食了。我想，如果我想着要把这些鱼儿们捉了来烤来煎，它们一定也会全都跑开了去的。

　　在这有水有草的水之湄，在这鱼儿们的森林里，我静若处子，静若秋月。我知道，只要我一动弹，这水便浑了，这鱼便跑了，这局面便被搅了。我和这些鱼儿们远没有到相亲相爱的地步，但是，此时此刻，我们却是和谐相处的。所以，只能是用我的一动不动，来换得此际的和谐，还有快乐。

《瓷都大桥》摄于景德镇三闾庙

是的，我快乐。我不知道鱼儿们是否也快乐，我想，它们应该也是快乐的。子非鱼，安知鱼之乐？我一直都相信动物是有灵性的，虽然它们的快乐可能和我们的不同，就像当年的美人鱼，她会为了拥有人类的双腿，而放弃了自己美丽的鱼尾和动人的歌喉。

子非鱼，安知鱼之乐？我要做一条鱼？不知怎的，我的心中忽然间涌上了许多的感叹。我为什么是要做一条鱼儿，而不是别的？难道是因为在我的内心深处，我也有一些快乐和悲伤是不为他人所了解所理解的吗？

是的，是的，应该是这样的。

鱼在水中，却不被水沾染了肌肤；人在苦海中，也不能被水给沾湿了心灵啊。我是一条鱼儿，我在水中，自由自在，潇洒来去，滴水不沾身。鱼儿纵然有泪水，那也是透明的，融化在了清水之中。

《白鹭大桥》摄于景德镇渡峰坑

这深秋的时节，水边的芦苇结了芦花，白色的芦花在白花花的阳光下却泛着淡紫色的光芒，隐隐约约的，朦朦胧胧的，蓬蓬松松的，仿佛风一吹便会散开了去或是湮开了去。

《诗经》中有"蒹葭苍苍，白露为霜"的句子。说的是清晨，太阳还未升起的时候，白茫茫的烟光水气中，清露莹莹，银霜霭霭。此时此刻，看来是不应景的了。那么，"所谓伊人，在水一方"也就索性地改了吧。所谓鱼儿，在水中央。

茫茫无涯，浩浩荡荡，江也罢，湖也罢，甚至于海也罢，谁谓水广，一苇航之。此时此刻，在这个叫做青塘的水草萋萋处，就让我做一尾快乐的鱼儿吧。

乙酉年十一月十三

【西】西河流过三闾庙

1

我和你

独行于十八渡浮桥，山河如画，岁月如歌，感而作。

我在桥上，
桥在水上，
水在群山之上，
远远的青山仿佛一圈一圈荡开来的涟漪，
我是激起微澜的那颗石子。

你在瓷上，
瓷在手上，
手在心窝窝上，
小小的心儿跌落在唐诗宋词的清韵里，
你是隐隐作痛的那粒朱砂。

壬辰年四月廿八

2
西河流过三间庙

　　有很长一段时间，我把旸府寺当成了三间庙。因为人家都说去三间庙拜菩萨，三间庙那块地儿上不就只有旸府寺么？而且，由于听不太懂景德镇的方言，我还想当然地把三间庙误听成三里庙或山里庙。没有错的呀，那就是一个要往山里走上三里地儿才能到的地方。

　　后来，终于明白是三间庙。"三闾"这两字，我熟悉呀，三闾大夫屈原啊，年年为他包粽子划龙舟的屈原啊。这是为纪念屈原而建的庙么？可是，为什么供奉的又不是屈原呢？

　　我是个好奇之人，于是各种刨根问底，然后发现自己竟然是错了。我以为的三间庙其实是旸府寺。关于旸府寺，其实也是诸多破绽。有说当年禹王在此炼丹的，有说禹王途经此处时劈石赐水的，为纪念封号为旸府真君的禹王，此山便作了旸府山。

　　对于这一点，我觉得荒谬，既然是道教的炼丹之地，如何倒供了佛教的弥勒佛。所以又有一说，说此庙是四川一云游僧人所建。不管真假与否，至少这个更靠谱些。然后，我自行组合了一番：这风景秀美的最高峰为禹皇顶的旸府山应该是和禹王有关，后来有僧人于此山中建庙，自古名山僧占多嘛，寺庙自然也就随了山名而得名。

《不老》摄于景德镇三间庙

不过，由于这个旸字很生僻，坊间往往称了阳府山或阳府寺，我在周边村中闲逛时，还见到旸俯村的写法，当真让人笑到俯仰。然而，想到自己不也把旸府寺作了三间庙么，于是赶紧敛了笑意。而且，还生出一个新的疑问来了：这里不是三间庙。那三间庙在哪?

有懂的人便告诉我说，三间庙指的是这一整片地方。跌倒! 三间庙居然不是庙。不过，想想景德镇的诸多地名，称山不是山，称坞不是坞，也就能够接受了。是的，我是从心底里接受了三间庙就是一地名的说法。

想想旧时，不就是以间为单位来进行户籍管理的么。早在《周礼》中就有记载："令五家（2 井）为比,使之相保;五比（10 井）为间,使之相爱。"25户人家为一间，三间那就是七八十户，可不算小呢。

是啊。三间庙确实不算小。你瞧，这不是还保存有三间古街和三间古渡么。还有与三间古渡一河之隔的里市渡。据说里市渡也作李施渡，不过，以它和三间古渡隔着昌江河遥遥相对的位置来看，我认为它还是应作里市渡。

里也作闾，指的是居民区，市则是商业贸易区。在城市里设置固定的市场,战国时就有。秦汉时期更把"市"与"里"截然划分,彼此互不相涉、

《淡淡银装》摄于景德镇西河湾

互不混杂。然而,景德镇这个手工业城市,却是沿河设窑,沿窑成市,依窑而居,也就是说是独具特色的里市混杂。里市渡,那是又里又市的渡口啊。

景德镇的窑基本上都在昌江的东岸,却在西岸三间庙这里,有这样大的一个自明清以来便以商贸而闻名的民宅、商铺相混杂的地界。我想,或许和西河有关吧。昌江固然是景德镇的主动脉,百舸争流,帆影蔽空。然,总也还要有那通往各乡各村的小河流。昌江自北而来,一路上汇集了小北河、东河、西河和南河等支流。西河在人烟繁盛的市区,西河的入河口就

在三间庙。

　　清人郑廷桂的《陶阳竹枝词并引》中有诗曰："而今尽是都鄱籍，本地窑帮有几家。"都昌和鄱阳在景德镇以西，我总觉得他们是顺着西河而来的，西河给他们来到景德镇提供了最大的便利。西河虽然不是一路向西，却是昌江以西最大的水系。相比于沿着古道或小径翻山越岭，乘着船或竹筏顺水而下，应该是更好的选择吧。

　　当然，顺河而来的不仅是人，还有各种物资。据史料上记载：当年的

《西河口》摄于景德镇御窑景巷

三间庙街上有米行、棉花行、鲜货行、竹木行、饭店、药店、豆腐店、屠宰店等，各种货物琳琅满目。河西的住户根本不要过河，倒是河东镇上的人，都要由里市渡过河，到三间庙来采买货物。

很多年以前，我曾经去寻访过一次三间庙，那时候是纯粹的游客心理，啥也不懂，只见到古街残破，古渡荒芜，感觉无趣得紧。现在，在了解得更多些之后，忍不住又想去看看。

因为城市建设的缘故吧，现在的三间庙比以前修缮了不少。虽然也还是有些冷清寂寞，却不再是断壁颓垣。新修的老牌坊下，有拄着杖的老人，有穿着睡衣的妇人，有骑着小车的孩子，还有一群挥着红绸跳舞的大妈们。虽然我一直不喜欢广场舞的

《三间古渡》摄于
景德镇三间庙

《三间古街》摄于
景德镇三间庙

大妈们，然而，此时此处见到，却觉得无比的鲜活。这才
是生活应该有的模样啊。

我沿着老街往河边走，一直走到古栅之外的忠洁侯庙。
这里居然有忠洁侯庙！这就是三间大夫的祠堂啊。我遗漏
了一些什么，我感觉自己肯定还是遗漏了一些什么。

"由于宗教迷信的影响，为祈求神灵保佑，民间先后
在此建了不少寺庙，至今该地有许多寺庙遗址，如忠烈侯、
甘露灵、斗母宫、阳府寺、三间大夫庙等等。"这是志书
上的一段记载。好吧。原来我还是错了，而坊间的传说竟
也是错的。三间庙就是庙！

想想也是。《汉书地理志》上有说，楚地"信巫鬼，

《西河脉脉水悠悠》摄于景德镇新平路

重淫祀"。景德镇这吴头楚尾之地，人们喜爱建庙，再正常不过了。想那时，沿着西河行走，可不是看到好些遗迹吗。至于投水而亡的三闾大夫，后来也被尊为水神、江神，所以，在这昌江和西河的交汇之处，修建一座平浪平波的镇江祠堂，也再正常不过了。

　　三闾庙，曾经是庙的。只不过是在物换星移的沧海桑田中，泯了踪迹，却又留下一些痕迹。所幸，庙旁的西河和昌江却一直都在，护佑了这一方水土。江流婉转，河水汤汤。

丁酉年十一月廿六

3

我在古窑等你来

忽然间听说要搬家，整体搬迁。一时间，兴奋者有之，抱怨者有之，我的心中都不是，我的心中充满了遗憾和留恋。

我在枫树山这个地方生活了将近三十年。这三十年中，与古窑比邻而居，我早就把她当作了我家的后花园，有人来时带着去走走，有闲暇时顺着脚便走去了，有坏心情时更是要去溜达一下，换个好心情回来。

当然，我一直就知道，自己生活得够奢侈，因为，我把那世界的后花园当作了我自家的后花园。

十八世纪的欧洲，昌南镇瓷器是最受追捧的贵重物品，价比黄金，却比黄金更难求。因此，但凡说到"昌南"那便是极品好瓷的标志。久之，人们几乎把昌南的本意给忘了，只记得它是"瓷器"，是生产瓷器的"中国"。china，China，这是个让景德镇人极其骄傲的单词呀。

一件器物飞越了五湖四海，一个小镇命名了一个大国。

如是，自然有人问：景德镇瓷器，到底精妙在何处？又为何会如此？

《瓷的孩子》摄于景德镇古窑民俗博览区

　　这样一个重大得如同课题的话题，即便是长年浸润于其中的专家学者，只怕也不能三言两语说清楚。那么，简单点，我们还是来说说最为世人熟悉的青花瓷吧。

　　青花瓷，是釉下彩瓷的一种，用钴矿为原料，在白坯上描绘纹饰，再罩一层透明釉，烧成后呈蓝色，所以又名釉里青、白地蓝花瓷。自元以来，"青花"几乎成了景德镇的代名词，它开辟了素瓷向彩瓷过渡的新时代，更因其富丽雄浑兼层次繁多，有别于传统的审美情趣，成为景德镇乃至中国乃至世界陶瓷史上的一朵奇葩。

　　"素胚勾勒出青花笔锋浓转淡，瓶身描绘的牡丹一如你初妆。……天青色等烟雨，而我在等你。月色被打捞起，云开了结局。如传世的青花瓷自顾自美丽，你眼带笑意。" 2007 年，周杰伦的《青花瓷》横穿出世，古筝撩拨，牙板清脆，琵琶淙淙，古朴又典雅，清新又流畅，青花瓷如烟雨般氤氲了

《画青花》摄于景德镇
古窑民俗博览区

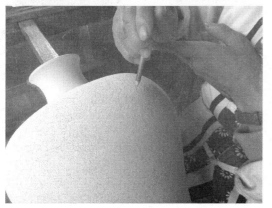

《刻花》摄于景德镇
古窑民俗博览区

大江南北。

2008 年，北京奥运会，晕染效果的青花瓷颁奖礼服，奥运支线上青花纹饰的站台和电话亭，婉约雅致，别具一格。青花元素已成为中国元素，在现代建筑和服装设计等方面升华。彼时，又逢马未都开讲"元青花传奇"，诸多目光齐刷刷地投向了青花的发源地：瓷都景德镇。

这一次，景德镇这个资源枯竭城市抓住了转型旅游的契机。2013 年，景德镇古窑民俗博览区荣膺国家 5A 级旅游景区，这是全国唯一一家以陶瓷文化为主题的景区。这一年，宣传歌曲《我在景德镇等你》颇有当年"十里陶歌""烈焰张天"的气势。

喜欢其中的那段 Rap："碓厂和云春绿野，贾船带雨泊乌篷。夜阑惊起还乡梦，窑火通明两岸红。"尤其"还乡"两字真是让人心惊。此处的乡，当不仅仅是地理意义上的故乡，而是更具有精神意义，那是鸿蒙之时人类

《瓷乐天上音》摄于景德镇古窑民俗博览区

《壶中有天地》摄于景德镇古窑民俗博览区

的初心，是昔日"十里陶歌""烈焰张天"的家园。

景德镇的制瓷工艺很繁复，细分起来多达 72 道，有"共计一坯之力，过手七十二，方克成器"之说。72 道工序，每一道都简化到不能再简化，也专业化到不能再专业。精细的分工提高了技术水平和制瓷效率，周丹泉、郎廷极、昊十九、卵幕杯、转心瓶、郎窑红，绝活在身的能工巧匠比比皆是，精致绝伦的作品层出不穷。龚鉽《陶歌》中写道："武德年称假玉瓷，即今真玉未为奇。寻常工作经千指，物力艰难那得知。"可谓是既赞叹了瓷器的精巧，又感叹了制瓷的艰难。

随着科技的发达，窑房和坯房中的许多技术难题都得以解决，比方说

《老哥俩》摄于景德镇古窑民俗博览区

数控电窑和 3D 打印。数控电窑能精确地计算炉温和升温曲线，改变了窑炉的不可掌控性，能最精准地达到烧制效果，虽然少了窑宝的可能，却避免了窑病的发生。3D 打印技术由陶瓷 3D 打印、微波快速干燥、微波快速烧成三个部分组成，则是将 72 道工序简化成"三步走"，将几个月的辛苦劳作缩短至几个小时。

　　但是，纵然如此，传统的手工制瓷艺术还是有着它的舞台，景德镇这座资源枯竭的古老城市也还是有着它的天空，因为工匠精神已成为这座城市的灵魂。所以，大概也正是因为如此，才如此郑重和庄严地保留了古窑这个传承和展示传统手工制瓷的窗口吧。哦，不，是后花园，世界的，景

《瓷心茶味》摄于景德镇古窑民俗博览区

德镇的，当然，也是我家的。

　　只是，居然要搬家了。说不尽的留恋，道不完的遗憾啊。但是，如果真如坊间所流传的，我们的搬迁，是为了古窑的拓展，那么，我愿意。

　　而且，你若来景德镇，我在古窑等着你。

　　影青瓷在等你，玉瓷在等你，青花瓷在等你，华丽丽的古窑民俗博览区在等你。练泥、拉坯、利坯、汶水、过釉、刻花、彩绘、烧窑等等，这些在博览区内都可参观、可体验。或转或歇的辘轳车旁，半干半湿的晒架塘下，将成未成的素胎泥坯间，你会眼花缭乱，你会返朴归真，你会乐不思蜀。

　　当然，还有茶也在等你。早在唐代，浮梁除了产瓷，还盛产茶叶。白居易《琵琶行》中就有"商人重利轻别离，前月浮梁买茶去"，他幼时曾随任浮梁主簿的长兄生活于浮梁，这样的一句诗，或许不仅仅是叙事，也不仅仅是同情，只怕更有故园之思吧。

　　《昌南历记》上也有记载：颜真卿等人游新平镇云门教院，中宵时分饮茗联咏，留下"素瓷传静夜，芳气满闲轩"的诗句。景德镇的瓷器景德镇的茶，景德镇的月光景德镇的诗，这遥自大唐而来的茶香瓷韵和月色诗情，让人跌落在其中，袅袅难归，或者说那本就是家，本就是归处。

　　　　　　　　　　　　　　　　　　　　　　　丁酉年十一月初九

4

曾经是湖

曾经是湖，这里。我记得躺在湖边看蓝天白云的日子，当然，也可以坐着，看蒹葭摇曳，看蜻蜓点水，看碧波粼粼，看青山淡淡……

老夫子被我诱惑得动了心，也曾在某个午后，跌跌撞撞找到这里，消受了一个悠闲的下午，以及我所没有感受到的几声犬吠，他说，那是人间气息。

说起老夫子，似乎是经常被我忽悠的，我会说哪里哪里真是不错，又哪里哪里真是不错。于是，他常常携了一卷书一杯茶便朝着我说的地方而去，比如浮梁县的大桥底下，比如鱼山镇的油菜花海里，比如吕西公路上的桃树林中。当然，此君也常常自己兜了两枚硬币就出门，一枚去的一枚回来的，随便哪路车，跳上去便走。如果再多出两枚硬币的话，会找个路边小店吃煎饼或是来碗煮粉。

老夫子爱山爱水。为师为友，我觉得我极大程度上受到他的影响。因为他的影响，我会用一个小时的时间来等待那被机板船划过的水面复归平静。因为他的影响，我会将他精心泡好的龙井香茗当作白开水一般牛饮而尽……也正是因为他的影响，我才会找寻到这一汪当年的野湖。

这里，现在还是湖，而且有了名字，叫做昌南北湖，在我们的陶瓷博

《大瓷塔》摄于景德镇昌南湖

物馆对面。较之从前的小水泊，水域面积不知道大了多少倍。当然，那是人工挖出来的。被生生劈开的青山生生地裸着，状如受伤后失血过多面色暗黄的妇人。湖的周围，铺了地砖，安了射灯，建了小亭，造了假山，当然，还种了花草种了树。而且，几乎每一棵树上都挂上了彩灯，各种造型，各种色彩。入夜之后，霓虹妖娆，华灯璀璨，俨然是那不夜天。

　　与它隔路相望的还有同样壮观的昌南南湖，它们一起坐落在昌南大道、西山路和紫晶路的交汇之处。作为市政建设的重点工程，这里有了世界第一的瓷塔，有了玲珑雅致的别墅，有了陶吧，有了祠堂……有了旅游所需要的一切亮点和特色。也就是在那时，我才知道那里原来也是有名字的：鲤鱼洲。

　　鲤鱼，在中国的文明史中，一直是充满着富贵气息的，因为它可以跃龙门。跃过之后，它便成了龙，便有了不菲的身价，有了睥睨一切的资本。

《瓷龙》 摄于景
德镇昌南湖

《雪落昌南湖》 摄于景德镇昌南湖

《古戏台》 摄于景德镇昌南湖

我不知道更早以前的鲤鱼洲是否盛产鲤鱼，从而得此名目。但是，我知道现在的它真的是跃了龙门了，而且，它的湖心也正栖着一条青花的瓷龙。

但是，我想念我那曾经的野湖，想到忧伤……在忧伤之时，我又常常会想念起另一个曾经是湖的地方来，想着想着，便笑了，笑过之后，仿佛陷入到更深的忧伤之中。那个湖是月亮湖。

月亮湖，据说因其水面沿着山形弯曲而行，状如月牙，故名月亮湖。又据说，那里生态环境很好，每年有大批野生鸟类栖息越冬。之所以都是据说，因为我并不曾亲见。布衣如我，只能沿湖而走，那需俯瞰才能得见的月牙全景，无从领略。而且，我去月亮湖的时候，只听得几声匿在林中的鸟鸣，鸟都没见着一只。

不过，既然大家都那么说，自然是真的，只是我无缘得见罢了。但是，我领略到了我生平从未领略过的另一种情形。

那是一个下午吧，朋友说："你如此无事，带你去一个地方。"于是，便上了车，叽叽喳喳地聊将过去。朋友将车停下来时说道："不能再往前了，前面是淤泥。"我颇有些诧异，不明白是何意思。下了车，朋友指着岸边那一行行的水线让我看，我才知道，原来我站在了曾经是湖的一片土地上。

《佛光》 摄于景德镇昌南湖

　　从水线上来看，这里曾经烟波浩渺，如今却只剩下了小小的一汪水域。最外边的一圈，土地已裂如龟背，踩上去咯吱作响。往湖心走，才慢慢地变得绵软湿润起来，凌乱地散布着人的脚印和牛的蹄印。我问："那一点点水是不是也会没有？"朋友说："不会的。现在是枯水期。一下雨，便会满起来。"我说："那时，便不能走在湖底了。"

　　说到湖底，突然想起《神雕侠侣》中，小龙女在蜜蜂的翅膀上刻出"我在绝情谷底"的字样，希望有人来救她走出困境。然而，到底是无人能够领会。是啊，按照常理，人们又怎知湖底会另有乾坤呢。就如我吧，我又何曾想过我竟然会行走在这湖底。

　　后来，我没有再去过月亮湖。可以看的湖很多，可以走的湖很少，那么，便让它成为记忆中的最美好吧。听说，现在的月亮湖可以赏鱼钓鱼，可以观瀑看花，湖面上还有摩托艇和豪华快艇，穿梭来往，惬意如风。这些，或许是很多旅游者喜欢的必须的满意的，但是，不是我想要的。幸好还有回忆。

　　　　　　　　　　　　　　　　　　　壬辰年四月十四

5
将你想到柔软

　　我不记得这是第几次来到这里。作为景德镇的子民，我已被各种原由许多次地组织来到这里，也许多次被远道而来的朋友要求了来到这里。但是，我每一次的到来，好像都只是应景应差而已，连浮光掠影都说不上。

　　这里是景德镇的东郊。这里，自五代以来，便开始烧炼青白瓷，直到明中叶才渐渐停歇，历时近七百年。这里是景德镇的民窑集中地，现今保存下来的有葫芦窑、马蹄窑、龙窑等多种窑形。这里已被作为国家重点文物保护单位，因为这里有过全国乃至全世界历时最长规模最大的民窑。这里便是湖田古窑址。

　　然而，说句实话，这古窑场真是没啥好看的。古陶瓷古文化的研究者们研究碎片的堆积层和作坊的结构布局，从而推断它当年的规模产量，分析它窑形的优劣程度等等。而对于一般的参观者来说，它只是灰蒙蒙硬梆梆的一片的土地，毫不起眼。

　　然而，今天，我却又一次来到这里，独自一人。我从这个城市的西郊急匆匆地来到这里，我的指甲缝里甚至还残留着未洗净的泥巴，那是灰白色的柔软的新鲜的瓷泥。一个小时之前，我还在西郊的一个朋友的瓷器作坊里。

《遥远如你》摄于景德镇御窑厂

《柔软如你》摄于景德镇古窑民俗博览区

《泠泠》摄于景德镇古窑民俗博览区

　　飞速旋转的辘轳车上，我用双手抱住那结实的泥团，泥很细腻很光滑，有些抓不住。我用了劲，紧紧地箍住湿漉漉的泥，泥水开始从我的指缝间溢出来，漫过手背，有些痒痒的。我感觉到泥的柔软，也感觉到手的柔软。泥在手中，手在泥中，原来是这样的感觉。孩童时候喜欢玩泥，只怕也是喜欢这种感觉的，只是没有觉察到而已。

《街头挑坯工》摄于景德镇广场北路

　　我摆弄老半天，还是没见着成品。朋友便有些着了急，把我换下来，要给我做示范。我笑了笑，依了他。朋友其实是不了解的，我喜欢的只是那种感觉。我被换了下来，我惊讶地发现，这粘附在手上的泥水很快地就干了，干后的泥印出手上的掌纹，那样的清晰，像是龟裂的河床，又像是一些神秘的图腾。

　　一时间，我有些恍惚。今夕何夕？此地何地？我为什么如此深深地被震撼？

　　辘轳车还在飞快地转动，转动如那川流不息的岁月。这时，我蓦地想起，在东郊的那块坚硬的土地上，也有着曾经飞速转动过的辘轳车。在那南河侧畔，曾经水土丰茂，曾经千帆待发，曾经烈焰张天，曾经陶歌声声，那里曾经流淌着一条瓷器的河。而今，当时间老去，那干枯的河床上便只

《水碓》摄于浮梁县湘湖镇进坑村

剩下了一些残留的痕迹，几处淘泥池，几处匣钵墙，还有几处渣饼垒成的小水井。然而，在虔诚的朝圣者眼中，那些就已经足够，那些就是大地上瓷的图腾。

　　想到这些，我的心中忽地多出了一份想念。我很想到湖田古窑址上去看看，走走。我洗净手，匆匆告别了朋友，从这个城市的西郊赶

《满窑》摄于景德镇老鸦滩

《陶瓷堆积层》摄于景德镇民窑博物馆

到了东郊。

远古时候，在原始洪荒过后，在森林大火过后，人类从那烧得坚硬结实的泥土上得到启示，于是制作了陶罐陶盆。除了木棒和石块，陶器该是人类制作最早的工具了吧。这些陶器，蓄了清清的水，盛了金灿灿的谷粒，满载了人类沉甸甸的智慧和希望。坚硬的陶瓷，是人类历史的河床上最早的斑驳。而这些陶瓷的最初，却是柔软的泥，是大地的一部分。至于人类对这些陶瓷的触摸，或许只是源于童年时候对泥土的一种不自觉的喜爱和崇拜。

古窑场到了，窑场还是以前看过的窑场，灰蒙蒙的硬梆梆的一片。但是，这一次，我却总是忍不住要想着它当年的柔软。当年的泥它是柔软的，当年那捧泥的手它也是柔软的。还有那干枯了的小水井，当年，它们也是清泠泠注满了水的，而这清水，当年的时候，和过泥，洗过脸，做过饭，解过渴，可能还饮过远道而来的小鸟雀。它们全都鲜活而柔软地存在过。

在这样的一个春天里，我还惊讶地看到，那小水井的井沿上居然摇曳着几茎青草。我不知道这是因为保护不善而出现的意外呢，还是冥冥中有人在向我们作着某些昭示：它们还活着。就算不是，我也要把它们想着，一直想到柔软。

丙戌年三月廿一

6
菩提开在观音阁

　　母亲说："今年的最后一个初一了，我想去拜菩萨。"我说："好。我陪你去。"母亲思来又想去，表示了同意。于是，我进一步问道："我要做什么，我不可以做什么？"母亲笑了，要我头天晚上洗个澡，今天临出门时又塞给我一把硬币。于是，今日清晨，六点，我家先生将我和母亲送至了观音阁下。

　　其实，我不信佛。但是，这不妨碍了我对佛的尊重与敬畏。

　　当然，年轻的时候，是有过无所适从的。一边是学校和家庭教育一直以来告诉我们的无神论，而另一边却是 20 世纪 90 年代价值观多元化下的宗教自由。大学时，曾以此惑询问于导师，结果他给我一句："信则有，不信则无。"当时，我一头雾水："这不等于没说么？"

《花自开》 摄于景德镇观音寺

《拈花一笑》摄于 2014 年景德镇陶瓷博览会

但是，时至今日，如若有弟子询问于我的话，我想，我也会以此语来作回复的。有和无，并非对与错。信也可，不信也可。何况，甲之蜜糖，可能为乙之砒霜。是矣，信又何妨，不信又何妨。

至于我的"不相信"，更多的其实是不相信某些

《如是我闻》 摄于景德镇陶溪川 3D 打印体验中心

"和尚"。十多年前的上海之旅，人家得了闲便去逛淮海路，我特意地去朝庙。可是，正在大兴土木的还被拽着要捐功德钱的不静不安的静安寺，黄昏时候以"我们下班了"把我拒之门外的玉佛寺，让我大跌了眼镜。

从此，不再相信佛门。但是，也是在那一年，丽娃河畔窗明几净的图书馆里，将有关佛与道的书囫囵吞枣吃了一大堆，到今天也没有消化。当然，也可以说存心地大开方便之门，因为我只取了自己愿意汲取的一部分，譬如"饥来则食困来即眠"，最是平常，最是随缘。

若干年前，母亲开始信菩萨。每逢初一和十五，她便和她的老姐妹们早早地去庙里，焚香叩首，然后带回素面和净水，让家里的老老小小们都分享一些。我向来不爱吃面，但是，庙里带回来的面却是每次都定要吃的。在母亲看来，那是菩萨的面，保平安的；而在我看来，那是母亲的面，盛满了爱。

去年秋天，母亲的脚不太好，行走困难，不得已停止了她每月两次的上山礼佛。我一直以为那不过是老太太和姐妹们的一次结伴活动而已，谁

《阿门》 摄于景德镇天主堂

想她竟是如此虔诚，以至心有所结。

山，其实也就是所谓的山而已，并不高，还有阶梯，但是，对于一个平地行走尚且困难的人来说，还是有些不易的。我亦步亦趋地跟在母亲身后，从土地爷开始，韦驮、弥勒、大日如来、十八罗汉，到观世音、地藏王，以及尚未开放的文殊塔，一路拜过去，最后是岳藏法师舍利塔。

看到岳藏法师，不由得想起一事。岳藏法师是 1993 年从九华山来观音寺出任住持的。那一年，我们一群女孩子特意地跑去听他讲经，彼时太年轻，听着听着便有人"卟哧"笑出声来，结果所有的人都侧目于我们，我们倒也乖觉，未待人撵，自行便撤了出来。

时隔多年，僧已成塔，寺庙也从当年的 50 平方扩建到了如今的连绵一

《道生一》 摄于景德镇斗姆宫

《清真》 摄于景德镇清真寺

片。而不远处还有一幢正在建设中的大殿，看这群英荟萃的架势，想必是普贤堂吧。当年在静安寺，就是因为装修所致的尘土飞扬和喧嚣嘈杂，让我对佛门从此敬而远之。但是，此时此刻，连同建筑中的工地，都安静得很。

或许是因为心情，或许是因为山上，或许是因为清晨。而清晨这一原因似乎更多些，因为作为常客的母亲说："我们来得早，人不多。"看来，这佛门中的清凉之意，竟也如俗世中的爱情一般，对的人，对的地点，还要对的时间。

拜完菩萨，斋堂里面吃斋面。我再一次被震动。见多了食堂窗口前的拥挤争夺，也见多了饭桌上杂乱的餐具及残渣，当然还有那打菜师傅为减少分量而将手抖得如筛糠般。这里，队伍是有序的，面给你盛得满满的，吃完了的人更是把碗筷洗净了再放回原处。这，不就是和谐么？

我算是真切地看到了信仰的力量。

这些人，未必清楚国家方针政策，也未必清楚佛家教义章程。因为我家母亲便是，比如她把早晚课诵叫做给菩萨上课，比如她把文殊菩萨叫做文艺菩萨，比如很节俭的她却很盲目地捐功德，比如她总是目标明确地向菩萨求这个求那个。但是，这又有什么关系呢。

信菩萨的人，心有所畏，因而善良；善良的人们，心存感恩，因而融洽。有这些，便足够了。

跟在母亲身后大殿小殿转悠的时候，我曾想，或许我可以半吊子地给母亲作一些普及，比如给她讲讲四大金刚的"风调雨顺"，或者地藏菩萨的"我不入地狱谁入地狱"，亦或横竖三世佛。但是，现在，我想也不敢想了。我所拥有的不过是一些知识，而母亲她们所拥有的却是智慧。一花一世界，一叶一菩提。她们的心中，自有她们的世界与菩提。

如是，各人自结各人的缘吧。

甲午年腊月初一
乙未年正月初一观音生日

7

景院风物志

之一：青竹

一枝青竹高高挑挑地从左边框的五分之三处逸出，疏疏落落的，连每一片叶都很清晰。风过处，竹梢颤颤的，袅袅的，宛如欲说还休的心事。

从左边框的五分之三以下直到右边框的五分之一处，呈了一个缓缓的坡度，挤满了密密的竹叶，密得仿佛连风都透不过来。

远远地，是青山从左上边框的顶点处一路倾下来，斜斜地，却又不是一斜到底，而是逶迤有致，时有小小的起伏。因为隔得远了，山的层次虽然可以看得出，山色却是淡淡的，若有还无。

整个画面的右上大概有五分之二是灰蓝的天，其实也就是空白。没关系，会有鸟儿来做点缀，有时是一只，有时是三两只，有时是一群，画面随时处在变化中……

活动的画面，奇怪了吧。其实，这是一个窗口，而窗框正好作了天然的画框，框住了那一窗青翠。

另外，还要说明的一点是：上面的这景致只能在我们学校的 1302 教室最右排的第二个座位上坐着才能看到。这是我试验了很多次才得出的最后结论，别的地方，哪也不行，不是多了这个，就是少了那个，或是画面不够美。

《蝶桥春色》 摄于景德镇学院

《蓝色的海》 摄于景德镇学院

《秋歌》 摄于景德镇学院

这是我在某年某月某日监考时候发现的，监考嘛，实在是最无聊最无趣的事情，所以，只好在不动声色的情况下，悄悄找点乐子啦。

之二：柚林

校园里有一片柚林，在第一教学区的后面，与教工的宿舍区隔了一条水泥路。路面呈小小的坡斜状，若是到柚子林里，得跳下一个半米高的台阶。常常有人在那里跳上跳下的，久而久之，柚子林里走出了一条黄泥小路。

那年，学校在路旁装了护栏，大家不从那里走了。我恨恨了一阵子，终于按捺不住，趁着无人的时候悄悄爬了一次，开心啊。此后，一发不可收拾。于是，大家便常常会看到状若淑女的我在那里提裙拉衫地表演跨栏。

有意思的是，居然不断有人加入到我的行列中来，有穿套裙的端庄女士，也有西装革履的男士，有白发苍苍的老先生，还有拖着长寿辫的小朋友……于是，我知道大家并不是贪图了所谓的捷径，而是柚子林里自有它的乐趣。

柚子花开的时候，我捡落花；柚子挂果的时候，我捡落果。捡回来，

《托起明天》 摄于景德镇学院

装在玻璃瓶里，看它们的颜色闻它们的香。

最喜欢的还是穿着长裙在柚林里走，路面很干净，路旁有高过脚踝的不知名的草，还有些甚至于高过膝盖，比方说蒲公英啦野菊花啦以及狗尾巴草什么的。风一吹，便呼啦啦地往一边倒了，风一过，又人模狗样地抖擞起来。

走在柚林中，我爱穿红色衣裙，觉得只有这颜色才当得起柚林那浓郁的绿。另一种配得起的色彩是桔黄。暮色时分的柚子林最为苍郁，已经可以直视的圆圆的桔黄色的夕阳在柚子林上将落未落，犹豫不决，树梢上是

《笋芽儿》 摄于景德镇学院

一抹晕黄，有些苍凉，又有些迷茫，无限留恋，也无限温暖。

我，常常陷在其中，不能自拨。

之三：水杉

认识水杉的时候，读大一。掐指算起来，二十年前。二十年前，应该是比水杉还要水灵的年华呢。但是，就在那样的华年里，却被水杉这个名字给惊艳了。

教学楼前，如烟如雾的一长溜。树是锥形的，枝枝挺立，直插蓝天，这是杉的精神了。然而，它们的叶却是丝状的，柔软，细腻，流转如波，这可是水的灵气啊。

二十年前，不到二十岁的小女生，在这一排水杉前，一次次的驻足、折腰，难以自已。二十年来，小女生的光阴如流水一般流淌在了这片校园里。水杉却没怎么见长，依旧青葱如初。或许，对于树木来说，二十年，不过是刚刚开始吧。

二十年，对一所校园来说，也几乎是短暂的。事实上，校园的历史并不很长，这便少了一些白发的先生，不过，从来不乏漂亮的女生。校园的树木也不够老，比如水杉，少了一些阴翳苍劲，但那份开阔疏朗，却正好吻合了阳光的明净。

想来，校园的设计者们也是喜欢水杉的，这不，新建的运动场旁也满满地种上了。每次上课，都要路过之处，哪怕再急，也会忍不住放慢了脚步，多看两眼。校园里的日子是不慌不忙的，清淡得好，我喜欢，而且，我也适合。

壬辰年腊月廿二

8

窗前种棵小樟树

树，是孩子十岁生日时所植。如今，树已亭亭，如盖如冠，晨起时可观其沐阳，日落地可赏其含晖，只是，十年后的孩子却早已负笈远去。

当初植树的时候，特意选了香樟。一则它是长江中下游地区最常见的树，我们这个小城甚至以它作了我们的市树。二则这是一种极好打理的树，比较适合我们这种懒人。三则它不是速生树，我不用担心它在我们的楼前疯长到不可收拾。

然而，即便是这样一种生长周期比较慢的树种，十年的光阴下来，却也成果斐然。

最初只有一楼齐窗那么高，稀稀疏疏几根小枝。稍稍长大后，我很担心楼下住户会有意见，比方说遮了阳遮了光什么的。还好，极好说话极好相处的人家，从未表达什么不满。而今，它已长到二个楼层这么高了，巨大的球形树冠正好在我家的窗前。

十年树木，看来，十年，足以让树木长成了呢。老话儿到底不是瞎说的。

如今，我已经习惯了日夜都不拢窗帘，因为窗前有那样一幅翠滴滴活生生的帘，其他的帘，都是多余。在我伏案的时候，常有小鸟飞来，或是相向啾啾，或是独自啄食。

《千年古樟》 摄于景德镇昌江区旸府滩村

　　今年春天，还看到一只仅比硬币大点的小鸟，骨碌碌地从枝头滚落了下去，正在担心之间，它却扑棱着翅膀飞了起来。可爱的小鸟，它居然是在我家小树上实现了它的初次飞翔。于是，不由自主地，便想起了我家那只飞在江城的鸟儿。

　　当初植树的时候，曾在树干上刻了一道标记，那是孩子彼时的身长。后来，每年总会有意无意地去比划一下。头几年的时候，孩子噌噌噌地往上窜个子，记号总在其下。可是几年后，或许是树扎稳了脚跟吧，那记号居然长到我们够不着的地方了。

　　看到这些，有时候便会傻傻地想，到底是树上的叶子更多些，还是我们在树下的日子更多些？

《婴戏图》 摄于景德镇陶瓷大世界

《婴戏图》 摄于曾龙升、曾山东陶瓷世家作品展

其实，我知道，如此宠溺着窗前这棵十来年的小树，很大程度上缘于它是我们家的树，我们家孩子的树，敝帚自珍呢。不过，话又说回来，从古到今的江南，哪一家不是如此呢？

据说，古时的江南人家，大凡生了女孩，便会在门前或是院内种上一棵樟树。等到女孩儿长成，也正是樟树长成之时。外面的人只要看到樟树便知此家中有待嫁女，便会来上门提亲。

一旦允了亲，这棵樟树便会被砍倒，制作成大箱子小箱子以及梳妆盒子等，成为女孩儿的嫁妆。樟木具避邪、长寿、庇福及吉祥等寓意，樟木箱子自然也就寄寓了娘家的无限祝福。

据说，梳妆盒子里往往有暗箱或是夹层，藏闲散银两少许。这也就是

《大白》摄于景德镇陶瓷城

人们所谓的"压箱底的银子"，意即最后的家底。不过，对于出嫁的女孩儿来说，那却是父母为她所做的最坏打算：一旦被夫家所休，她还能够有回娘家的盘缠。真真是可怜了天下父母心哎。

当然，江南的樟树也和男孩子相关的。关于樟树的得名，据《本草纲目》中说："其木理多文章，故谓之樟。"学得文武艺，输与帝王家，不正是彼时男子的念想么？

文章是致仕之物，这樟树自然也就抬了身份，历来被视作是贤才，历来被视作风水树，从而也直接导致了江南之地古樟甚多，比如我们这座小城里就保存着依旧葱茏的唐樟和宋樟各一棵。

写到这里，忽然间觉得有些好笑：咋这般头头是道的。其实，十年前种下香樟树时，我可真没想过这些。彼时，只是觉得，十岁生日，总得给他留点纪念。谁想呢，却是在十年后给自己留下了一些守望。

乙未年五月十三
于樟影小居

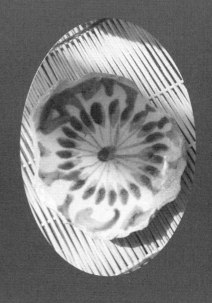

中　中渡口中说上下

1

饶州怀古（新韵）

淮王府

红釉青花龙凤梁，鄱阳湖畔谒淮王。
只惜八景都消逝，断壁颓垣苔满墙。

文庙

自古饶州文脉隆，偏生辇道享殊荣？
老槐阅尽沧桑事，应叹断碑风雨中。

瓷器巷

半江饶玉半江帆，瓷器码头笑语欢。
长巷今朝无所有，唯余残照似当年。

望江楼

高筑亭台低远树，沙鸥群里辨归舟。
缘何岁月经行后，不见佳人不见楼？

瓦屑坝

莲荷山下路迢迢，访取当年砖瓦窑。

昔日移民挥泪处，古樟苍翠鸟声悄。

长山岛

夜看繁星朝看鸟，湖心岛上任逍遥。

闻说更有唐窑在，觅迹寻踪到野郊。

丁酉年孟春

2

中渡口中说上下

《景德镇市地名志》上说：中渡口为过江渡口。因上（北面）有里市渡，下（南面）有十八渡，此渡口居中，故名中渡口。

我对此说持怀疑态度。昌江河上的渡口多了去，在里市渡更北的地方有旸府滩，比十八渡更南的则有鹅颈滩，而且，在中渡口和十八渡中间还有个南门渡。如何只选了里市渡和十八渡来作比对的上下渡口？

没有争议的是建于中渡口的浮桥，它是昌江河上第一座桥。最初是木船木板，后来是木板水泥船，现在则是全钢质，钢质船、钢质栏杆、钢质花纹板的桥面。

现在的浮桥四平八稳安如磐石，然而，我很是想念童年时候那踩上两脚都会上下起伏的浮桥。那时候走在浮桥上，特别盼望有大型车经过，这样一来，浮桥会起伏得比较厉害。于是，熊孩子们一边惊吓得七上八下，一边又快活得大呼小叫。

中渡口的浮桥经不起洪水，每逢涨水便要拆桥。那时候，我们真是羡慕家在河西的同学，因为他们可以名正言顺地早退，而不必苦哈哈地等到放学。当然，他们的提前放学也往往带给我们信号：又可以去河边玩水了。现在想来，那是多危险的事情啊。然而，那时候真的是快乐无比。

《中渡口》摄于景德镇中渡口

《景德镇北站》摄于景德镇高铁站

　　昌江河上的桥越建越多，先是昌江大桥，后来又有珠山大桥，然后是瓷都大桥。当第四座在建的时候，我便想能用的名字都用了哎，它还能叫啥名呢。后来，发现它叫了白鹭大桥。哈，在那南山脚下，在那白鹭翻飞的地方，这桥可真是恰如其分。

　　近年来，城区的昌江河上又添一桥，因为在历尧，就叫了历尧桥。这名儿，倒是实实在在，可是，也实在是缺少了一点什么。不过，站在历尧桥上看昌江，那可真是美出了新高度。

　　准确说来，历尧桥下的昌江其实已经是城郊了。南北走向的昌江河走到南山脚下，拐了个90度的大弯，顺着山势成了东西走向。或许是离了城区的污染，或许是借了山色的青绿，或许仅仅就因为空旷，这一段的昌江特别澄净，也特别的明媚，当真是画中的山水。

　　要说起来，这受益于景德镇这些年的窑炉改造工程，这使得景德镇终于从过去的烟霾蔽空到了现在的青山绿水。对于一座古老的手工业城市来说，这真的是不容易的。

《高速的起点》摄于景德镇罗家收费站

说到手工业城市，不妨还是回到中渡口吧。

郑廷桂的《陶阳竹枝词》中一首关于中渡口的诗，诗中是这样形容的："上下纷争中渡口，柴船才拢槎船开。"闭上眼睛想象一下这当年的画面啊：瓷土、釉果、松柴等制瓷工业原料从这里运进老镇，烧成的瓷器用稻草用竹篾包装着运出老镇，大小船只、高低货物、老少船夫、穿着草鞋的精壮挑夫，那是何等的繁忙啊。

那时候的船也是各式各样，有头尖肚宽的鸦尾船，有体积较大且无桅杆的小凫梢船，还有大凫梢船、罗荡船等有帆船。说句实在话，这些船我没有亲眼见过，只见过图片，你若是让我辨认，我是认不出的。

反正我所知道就是，旧时的景德镇，昌江几乎是唯一的交通渠道。就算是你走陆路去都昌、鄱阳和浔阳等地，你也得在中渡口过了昌江河才行。

现在当然不是这样，你若是在中渡口过了昌江河，你

《瓷都特色》摄于景德镇罗家机场

可以走到人民公园，公园的旁边是西客站，你若继续走，向西你可以走上高速路，向北你则会走到飞机场。当然，还有火车和高铁，它们可以把你带到任何你想去的地方。

　　只是，必须要说的一个事实是，你若真的去机场或是高速，你根本不会走中渡口，而是就近走了昌江河上的某座桥。我喜欢旧时的浮桥，但是，我更喜欢现在的交通。不仅仅是因为它的快捷与方便，而是，它可以让我们走得更远。

丁酉年十一月初七

《西客站》摄于景德镇西客站

3

一塘莲花给了佛印

曾经，莲花塘中是有那么满满一池莲花的。

幼时，曾看过那连绵一片的莲。莲花凌于碧波之上，袅娜生姿。莲叶团团如盖，迎风擎雨。风动莲举，仿佛海中的波浪在轻摇翻滚。雨点轻敲，不是李商隐残荷听雨的凄婉，也不是梵婀玲上奏出的悠扬，而是从钢琴的黑白键下流出的细碎清脆。

后来，好多年只见塘而不见莲花。终于再见的时候，却把一塘莲花给了佛印，好好的莲花塘改名成了佛印湖。

我对佛印可没意见，真没意见。相反，我喜欢这位高僧。

这位俗姓林、法号了元的浮梁籍高僧，三岁诵《论语》，长而通五经，少时即有神童之誉。后因读《大佛顶首楞严经》，在宝积寺出家为僧。他整编白莲社流派，担任青松社社主，大力弘扬了净土思想。为旌其德，宋神宗赐其金钵，并赐号"佛印禅师"。

当然，俗世对于这位高僧的了解，更多的可能来自于他与苏轼的交好。这是一位不拘不束不粘不滞的似方外又似方内之人呀。

佛印和苏轼的交往，关于什么吃鱼、吃饼、吃茶之类，太寻常，不说也罢。倒是有则小故事还值得一说。

《三贤游昌江》 摄于浮梁县三贤湖公园

《清波荡》 摄于浮梁县三贤湖公园

《菡萏香销》 摄于景德镇莲花塘

话说某日,苏轼去拜访佛印,没想大师不在,一个小沙弥来开门。苏轼傲声道:"秃驴何在?"小沙弥淡定地一指远方,答道:"东坡吃草!"这个故事的主角其实不是佛印,然则,佛印的一个小沙弥也如此的自带机锋,其师傅的机敏那自是更加的了不得。

佛印和苏轼的交往中,常有黄庭坚的加盟。此三人,喝酒、吃肉、打坐、参禅、烹茶、远足、吟诗、作赋、谈经、论道,既体现出文人雅趣,又不离世俗风味,羡煞旁人及后人。

浮梁县的三贤湖,便是后人们为纪念他们的夜游昌江而筑。三贤湖原本无湖,特意地引了昌江的一段活水而成湖。人们说,三贤他们游过的那一段昌江水特别的有灵气。

我想,有三贤湖镌记佛印和他的朋友们,真是极好的。只是,为甚把远在景德镇的莲花塘也无端地给了他呢。

《婷婷》 摄于景德镇莲花塘

　　因为不满,我也就特别地留意过关于佛印湖的变迁。对于佛印湖的介绍,最初时候说的是"佛印在此居住过",后来可能觉得不妥,改成了"佛印来过此处"。我就想问一问,作为一代高僧的佛印,去过的地方多了,承天寺、斗方寺、归宗寺等古刹皆留有他的足迹,甚至于还主持过金山寺和焦山寺,也没见着人家弄个佛印湖、佛印石之类的。难道咱们景德镇要表示特别的敬意么?

　　其实,即使是在改名成了佛印湖的今日,人们说到这个环境优美的位于城市中心的休闲区,通常还是一个老称呼:莲花塘。

　　莲花塘,顺着脚便走到了。去莲花塘,看莲花去。就算不看莲花,可以看古木参天,看藤牵蔓绕。或者,看白鹭翔集,看锦鲤浮沉,也是可以的。又或者什么也不看,用市井细民们的话来说,到莲花塘"打清(晨练)"去,到莲花塘"戏得(玩)"去,到莲花塘"嚼牙膏(聊天)"去。

　　我喜欢这样的既有空灵韵味而又有烟火气息的莲花塘。

　　佛印曾经出过一个上联"无山得似巫山好",东坡对的下联是"何叶能如荷叶圆"。真是绝妙好对。若是借到莲花塘这里来一用,好像也同样妙绝呢。我总觉得,佛印老和尚和东坡老先生,虽然是爱莲花的,但是,他们更讲圆融和缘法。就算他们能够穿越回来,只怕也不会要了这一塘莲花吧?

戊戌年正月初二

4

宝错了的三宝

去三宝，是我的主意。

被我称为"老是公家人"的那个人，难得地有了半天私人时间，问我们想去哪？三贤湖，昌南湖，佛印湖，月亮湖，被各自说了一圈，最后，还是我说："去三宝吧。"

于是，便去了。老公，老妈，还有我。

我之所以提议去三宝，是因为我知道老妈不曾去过，想带她去看看。谁想，老公居然也是没有去过的。

只是，去了之后，老妈说："这里看什么？"老公说："就这么一点大？"哎哟，我的心呀，"吧唧"一声，掉地上了。这主意，算是拿错了。

可是，我是喜欢那里的，真心地喜欢。

第一次去时，夏夜里，溪水潺湲，萤火燋璨。芭蕉树下，美人靠前，有人吹起长箫来。彼时，陶瓷节的前夕，楼上正歇了两位外国艺人。听得那婉转悠扬的箫声，她们俩，立刻如另一位朋友所笑言的那样，下楼，和我们说"哈喽"。

后来，又去，却是冬日。范围已经有所拓展，小庭正中加种了一株腊梅，清香四溢。当然，也有可能是早就有的，因为不到开花时候，我从来都不

《等你来》 摄于景德镇三宝国际陶艺村

认得腊梅。老屋对面小路边的陶艺墙，却实实在在是后来加起来的。一摞摞粘连的碗，一尊尊残破的像，就那么样地被一堆窑砖组合在了一起，看似杂乱，却极艺术，极个性。

好吧。我承认，我小资。我带了我那如泥土般朴实的老妈和老公来这里，是我错了。

当然，纠正错误是很容易的，打道回府便是。

回家之后，我，继续我的小资本色，发了几张在匆忙之中拍下的照片到网上，以记录在大雪这个节气里所到的三宝篷。

谁想，片片才上网没多久，便有人问"世外陶源的菜好不"，不久又有人追问"好吃不"。这时，我才恍然大悟，原来所谓的"世外陶源"竟是餐

《挣脱》 摄于景德镇三宝蓬艺术聚落

《匣钵墙》 摄于景德镇陶花溪休闲山庄

《街头小景》 摄于景德镇三宝瓷谷

馆之名。而我，竟然真的只是把它当作了陶之源。

　　而且，也直到这时，我才有些恍惚地记起，在三宝时候，我家老公好像感叹了一句："怎么有那么多人都喜欢到这里来吃饭？"我，当时的我，竟是直接地便无视无听了。

　　我想，我可能一心一意就惦记着湖田、惦记着画眉楼、惦记着杨梅亭了吧。

　　在我的理解当中，这里是自五代以来便绵延不绝的民窑群所在地。据说，当年这里所产的瓷土每一日都能达到三个金元宝，而这也正是三宝的得名原因。

《阳光照上老土墙》 摄于景德镇三宝国际陶艺村

然而，却还有更让人抓狂的在后面。

晚饭后，我家老妈出门散步，那是她和老伙伴们的保留节目。回来后，她对我说："人家说三宝的饭好好吃。锅巴、土鸡，都好好吃。"

我说："好。我们下次去吃。"

谁想，我家老妈又说："人家说，当时去吃，吃不到咯，要预订。"

咳，这都什么跟什么啊。三宝哎，我是不是得说，我也真是把你给宝错了哎？

甲午年十月十九

5

老太太的瓷宫

关于老太太和她的瓷宫，说法很多。

流行于网络的是：80 岁的老太太，不顾亲人的反对，独立投资 600 万，耗时 5 年，用 6 万多件瓷器和 80 吨瓷片，建成了一座精美绝伦的陶瓷宫殿。

坊间则流传着另一个版本，说老太太自家是开瓷厂的，生产一些无甚特色的产品，多年下来，滞销的瓷器堆积如山，于是，想了这样的一个法

《瓷的胸怀》摄于浮梁县浮梁镇新平村

《瓷宫》摄于浮梁县浮梁镇新平村

子来去库存。

另外，有些奇怪的是，这样一件事情，好像并未见诸主流媒体。而且，某次同业内某人士谈及时，对方很不屑地说："没有一点美感，没有一点艺术性。"

落差好像有些大。大到我有些犯晕。

我本就是个没有主见的人，所以，从此以后，我也就不再在景德镇的知情人面前谈论瓷宫。但是，我带了家人一次次地去瓷宫，尤其是我家老太太。

第一次去时，连地儿都不知道。一路上，各种打听各种指手画脚的描绘，才找到那里。彼时，绕了不少弯路，老公的车还陷进泥泞里，我被臭骂了一顿。

第二次去，轻车熟路了，而且还见着瓷宫的主人了。那时，瓷宫尚在建设中，余老太太系着一个花里胡哨的围裙，正在简陋的工棚里给工人们做饭。

老太太身形削瘦，面容清癯，却一头乌发。若是从背后看，状如一孩童。尤其是她的精神状态，也如孩子似的饱满。我家老太太怎么也不相信她已

《窗口》摄于浮梁县浮梁镇新平村

经 80 多岁了,我便怂恿她们合个影,回去以后慢慢看。于是,便有了两位老太太的第一次合影。

我们家老太太回家以后,果然拿着照片四处给她的老友们看,然后,便有了几个老太太们搭班车兼用 11 路车,半走着去新平村看瓷宫的壮举。

其实我自己又何尝不是那样呢。我把瓷宫的照片发到家族群里,立刻引起了轰动。这种轰动,一则是因为老太太的不见老,他们说有信念的人永远年轻。二则却是因为瓷宫的造型。

瓷宫仿的是福建土楼造型,而我的老家福建永定恰恰是土楼的所在地。这也是我把照片发到家族群里的原因。于福建人而言,土楼看得太多了。然而,瓷器建造起来的圆楼却是第一次,而且如此的壮观,这足以让他们震惊了。

《在希望的田野上》摄于浮梁县浮梁镇新平村

于是，表弟的朋友来了，问我要了个大概的地址，几个年轻人搭了个出租车，一路颠簸着去看瓷宫。

于是，堂兄的朋友来了，说不看大路货，有没有小众的景点，或者景德镇人自己才知道的景点，我给他推荐了瓷宫。

甚至于，表姐也带着老舅妈来了。于是，两位同样80多岁同样精神矍铄的老太太在瓷宫前愉快地合了影，我们家老太太自然是愉快地做了陪伴。

我对我们家老太太说："你来一次，你们就合影一次吧。"我们家老太太笑了，羞涩如孩子似地。倒是一旁见过世面的余老太太，大大方方地说"好"，欢快如孩子。

丁酉年十月廿五

6

我们去看法蓝瓷吧

《春意盎然》摄
于景德镇法蓝瓷
实业有限公司

第一次看到法蓝瓷，是在很多年前的瓷博会上。第一眼看到它，它的别致和精美便将我牢牢地捕获了。当然，那价格也将我好好地吓着了。

后来，街面上出现了很多仿品。高仿的，在价格上也同样高仿。粗糙一点的，如若没有见过原品，却也会为其精致而惊叹，至于在价格上，却已经是很能让人接受了。

去年瓷博会，带了我家老太太去参观，她也被法蓝瓷吸引住了，连连说漂亮。于是，我便多拍了几张片片，发到了朋友圈里。结果有朋友告知说："我去过他们厂里，那里的更好看。"

于是，便也念叨着要去厂里瞧瞧才好。正在念叨间，老公说他也去过的，嘿，好像就我没去过。老公便许诺，等他闲了带我去看。

谁想，这一等竟是等到了放寒假。也好，可以带了我家小伙子一起去看。

《Franz》 摄于景德镇法蓝瓷实业有限公司

　　正月里，一家三口跑了过去，人家说："过节放假呢。"想想也是，过春节呢。想想却又不是，节日里不是正好接待旅游者么。

　　算了，反正咱也不是旅游者，知道地儿了，啥时候不可以来呢。

　　某一日，得闲，便约了燕子和静静，我便建议说："我们去看法蓝瓷吧。"结果，她们都表示出不乐意的神情来，尤其是静静，她说她很讨厌法蓝瓷。她们两个建议去古窑。好吧好吧，少数服从多数，我随了你们。

　　在古窑外围的访窑栈道上走了好半天之后，准备进里边了，却发现静静的旅游卡是不通用的，静静无奈地说："看来只能去法蓝瓷了。"我则乐了："看来就是要去法蓝瓷的哟。"

　　在此之前，其实是有些懵的，以为法蓝瓷是法国瓷，是 France 的音译。又或者采用的是珐琅彩的技艺，因为它那色彩的艳丽实在是很接近的。此一去，我才知道法蓝瓷根本和 France 没有半点关系，和我所猜疑的珐琅彩也没有半点关系，人家就是一个商标一个品牌而已。

《起飞》摄于景德镇法蓝
瓷实业有限公司

《督陶官唐英》摄于景
德镇陶瓷工业园区

　　而且，此一去，还真是大开了眼界。以前，我只看到过法蓝瓷的餐具、茶具和咖啡具，以为也就是这些了。谁想，品种多得很，那各种各样的造型简直把我的眼睛给亮瞎了。

　　我小心翼翼地穿行于其中，看了又看，看了又看。当然，又不敢太过份，因为毕竟还有同来的那两个人可是不太乐意的。只是，当我在缓过神来而去找寻她们两个时，却发现，那两人比我瞧得更认真。

　　后来，静静对我说："我讨厌法蓝瓷是因为它的大红大绿，谁想竟然不是的。幸好来看了它们。"哈哈，这得感谢我喽。只是，下次有可能的话，还是得带小伙儿也来瞧瞧才好。

丙申年三月初九

7

来一份饺子粑

《饺子粑》 摄于景德镇戴家弄

　　一直就觉得，饺子粑是道很有意思的食品，因为它们既管得了饥饱，也上得了台面。一大桌子人吃饭，上它两笼，一笼辣的，一笼不辣的，一人一筷子，都尝到了。至于早晨时候赶上班呢，叫上几块钱，用打包盒一装，边走边走，也可以点了卯之后再来慢慢地吃。可谓是能讲究，也能将就。

　　与此相类似的，还有冷粉。请外地朋友吃冷粉，常常要很费口舌地解释一番：它不是凉粉，它不是凉皮，它不是凉拌的，它也不是冷的。

　　冷粉在热水里烫熟，其实热乎着呢。冷粉的好吃，似乎在佐料，香油酱油精盐味精自是不必说，还有腌萝卜、榨菜头、桔子皮、辣椒末和葱花等。之所以用"等"字，是因为你还可以各种发挥。我吃过加腌菜加虾皮的，弄得倒像是饺子粑的馅了。

《清汤》 摄于景德镇珠山八味

《碱水粑》 摄于浮梁县瑶里镇

　　饺子粑和冷粉，都红红绿绿的，搭配得很好看。冷粉的好看直接就在面儿上，饺子粑的好看却是透过薄薄的米粉皮，很羞涩地隐隐约约地露出来，这倒颇有些像景德镇玉瓷的本色。

　　据说饺子粑源自于都昌，但是，这些年来，我却只听说过饺子粑是景德镇的四大小吃之一，也听说过都昌豆参，却并未听说都昌饺子粑。若非我孤陋寡闻，那便是传言有误了。

　　饺子粑，既然以饺子作为修饰定语，自然和饺子是有关联的。饺子粑，形同饺子，但是它的外皮是米粉做的，而且这皮子是一个一个捏出来的，并不擀皮。我会包饺子，却包不来饺子粑，我总觉得那米粉皮子太娇嫩太秀气了，倒腾不来。

　　中国人喜欢饺子，有"好吃不过饺子"的说法。不过，我素来觉得饺子是件磨人的活儿，光是那馅儿，便一样一样全都要剁得细细的，至于那和面、擀皮儿和包饺子，没一样能打马虎眼。

　　但是，我并不讨厌包饺子，相反还喜欢。包饺子粑也如此。因为包粑包饺子都是件一大家子人一起动手干的活儿，这让我觉得温暖，而且，还有一份喜庆，喜庆如全家福。

　　全家福这道菜，据说和李鸿章有关系。说李大人宴请外国使节，所有正菜都吃光光了，老外们却意犹未竟。李大人看到最后一道散席汤都上了，着急啊，亲自下到厨房去，嘱咐厨师把那一堆边角材料烩一块，然后一大盆端上桌来，结果又让老外们惊喜得大快朵颐。有人询问菜名，李大人含

《冷粉》 摄于景德镇第六小学

含糊糊地说了句"杂碎"。

中国菜的名儿多好听啊，龙凤呈祥，花好月圆，四喜丸子，八宝豆腐……杂碎，到底太难听了，后来便改称了"什锦菜"或"全家福"。所谓什锦菜，所谓全家福，其实就是主料很丰富的意思。至于配了哪些材料，虽说也有菜谱，但是，真正操作起来，大厨们主妇们只管随意发挥好了。

在景德镇，全家福通常是第一道上的菜，搁在圆桌的正中，瞧着那热气腾腾五颜六色的模样，大人小孩都会举了汤匙拿了筷子奔将过去，完成餐桌上的第一轮相聚。"全家福"可真是体现了人世间最美好的幸福。

中堂大人急中生智创造出"全家福"的时候，大概是不曾想到这道菜会在日后成为民间的正菜。我常想，当一位妈妈系着围裙为全家人做全家福的时候，那心，一定圆满朗润如十五的月亮。普通百姓，寻常人家，图个啥？不就盼个举家团圆和和美美么？

同样的，当一大家子人一起包着饺子或饺子粑的时候，有人摘菜，有人和面，有人剁馅，有人调味，有人捏皮，有人包粑，有人看火，有人出锅，一边说着东家长西家短，一边笑着某人脸上的白面儿，还要斥着熊孩子们的瞎闹，热气腾腾如沸开的水。至于饺子粑出笼时，那更是雾气缭绕，香气缭绕。

哎呀，不说了，赶紧的，得来一份饺子粑。

丁酉年正月初九

8
妥古妥太

"妥古妥太"是标准的景德镇话。我用了很长时间才弄明白它的意思，然后，又用很长时间才找到差不多能对应它的汉字。于是，我也能鹦鹉学舌地发出这个音来。

这对于非土著的笨笨的我来说，实在不是一件容易的事情。好在，麻麻磕磕地也总算是学会了。

其实，当我在键盘上敲下这些字的时候，我自己都忍不住想笑了。而且，我甚至于还想象出了石榴姑娘掩嘴而笑的模样。

石榴姑娘是土生土长的本地人。闲来时候，我们曾经探讨过对于这个"本地"的感情问题。她说她基本上是恨，恨铁不成钢的恨。她说她很奇怪于我的热爱。

我说，可能就因为我不是本地人吧。部队大院里的成长，让我和这个小城保持了一定的疏离。所以，我并没有那种被这个小城挤压了的逼仄感，自然也就没有切入肌肤的刺痛。而且，我来到景德镇这个第二故乡的时候，落脚在一个很特殊的地方：龙珠阁。这似乎又让我和这个小城有了最好的粘合点。

当然，也还是因为非本地人的缘故，我对于景德镇的了解其实是流于

《绿意盈怀》 摄于景德镇第一人民医院

表面的，就如我前面所说的，我连许多方言都尚没有听明白。我的同学中，至今还传说着我当年的笑话。她们说："你把屋子搬过来喽。"我一脸懵懂地问："屋子怎么搬？"多年之后，当我告诉她们"屋子"其实是"杌子"的时候，她们很不以然，倒是让我对这个因为相对封闭而保留了许多古音古词的景德镇话充满了好奇，并且波及到其他。

粘合而又疏离，深沉而又浮浅，这真是一份很糟糕的感情。若是用文学的语言来说，这好像叫做交浅言深。更糟糕的是，就我的文字而言，又还是那样的浅薄无力，甚至于连我想表达的满腹深情也并没有表达出来。笨拙如我，情深，语浅。

好在还有一些图片。这些用手机拍摄的图片，就是随手拍，谈不上技巧，谈不上精美，然而，因了它本身的内容，倒是一种无声的诉说。它们，比

《东望》 摄于景德镇第二人民人院

《南眺》 摄于景德镇景瀚大酒店揽景阁

《西向》 摄于景德镇景瀚大酒店揽景阁

《北顾》 摄于景德镇康家花园

我的文字更生动，更有力量，甚至于更有纪录感吧。

一直以来，我就知道自己是一个挺讨人嫌弃的伙伴。因为，每每同行，我总是因为拍照而落在了最后，让人家不得不停下来等我。久而久之，我也就学乖了一些，乖到一个人到各种角角落落里去瞎走。

走着走着，我就觉得：景德镇真是小啊，兲兲小。

然而，这种漫无目的的行走，却又让我生出另一种感叹：景德镇也真是大啊，妥古妥太。

我觉得景德镇话里的这个"妥古妥太"真是妙极了的一个词。就其本意而言，无非就是大的意思。然而，加上了一个妥字和一个古字，却生出了稳妥和悠远之意。至少在我看来，是这般如此的。

说到妙处，不得不又说一句景德镇的老古话："观音阁打个屁，西瓜洲都听见。"从前听人家说起这些话时，我听不懂，后来才明白其实是形容景德镇很小。真是好粗俗，但是，很形象，很生动呀。

为什么这样说呢。从前的景德镇，陶阳十三里，指的就是观音阁到西瓜洲这一段。所以，当年的观音阁是起点，立有"江南雄镇"的高大牌坊。而西瓜洲则是终点，过了这里就出界了，难不成还跑别人家里去听屁不成？

这些，于正宗景德镇人而言，或许都只是常识。但是，对我这个半景德镇人来说，却是明媚鲜活的趣味知识。而且，弄通了它们的一些来龙去脉，实在是心生欢喜，以至于乐此不疲。

我小的时候，每逢寒暑假，会去一位家在太白园的同乡那里住上几日。那时候的前街、后街并不像现在这样的繁华或萧条，更多的倒是安静吧。我从龙珠阁走到太白园，感觉真是千里迢迢啊。我想想都觉得好奇，到底是什么力量，支撑了一个不到十岁的小女孩，那样地

《绿意盈怀》 摄于景德镇第一人民医院

去赴约。

　　同母亲说起这事儿，我说"好远啊"，母亲说"那时候小嘛"。好吧。我承认她说得有道理。我现在已经长得很大了，用大脚去丈量景德镇的土地，它自然便小了，奂奂小。可是，我那时间意义上的景德镇啊，我却感觉它越来越大，甚至于也和三姑娘一样，感觉到有些不堪其重了。

　　在我的妥古妥太的大景德镇面前，我太小，我们都太小。

戊戌年三月初一

后记：鱼眼逐景

一条臭美的鱼，爱诗爱画爱一切美好的事物。一条贪心的鱼，看到美好的风景，便忍不住想保存下来，脑子不够用，借助于文字和图片。于是，有了所谓的作者的这个身份。

一条异乡的鱼，游在昌江河中，上有载瓷而过的篷船竹筏，下有洁白如玉的渣饼碎瓷。这是穿越千年而来的景德镇呀，任是无知之人，也会被点化；任是无情之人，也会被唤醒。于是，有了这本小册子。

之所以称其为小册子，因为鱼也不知该如何来定义它。二百幅图片，四十篇文字，时间跨越了二十年。半个景德镇人，满满的一腔热情。似对景德镇的书写，又似对景德镇的研究。是文学？是学术？似是，似不是，纠结。

就当是介于两者之间吧，兼美。反正鱼不仅有皮还有鳞，够厚。

有关考证的那部分，鱼尽量地追求准确。然，岁月漫长，痕迹漫漶。鱼的学识又浅，更兼率性，所以，对于小册子中的马脚四出，敬请包容。如有乐于赐教之人，不甚感激。只是，鱼的记忆是七秒钟，可能转个身又忘掉了，千万莫怪。

对了，鱼除了记忆的惊人短暂，还有眼睛的极端近视。只是，这个特性却被仿生出一种焦距极短、视角接近180度的镜头，称为鱼眼镜头。这种镜头表现出的世界与真实世界会有些差别，却又别有趣味。鱼眼逐景，

《瓷鱼》摄于景德镇某饭店

本鱼的这个小册子，或许也能如此。

呵呵，成也因此，不成也因此。

昨日，写完最后一个字，长舒一口气，鱼想着："不管如何，这个日子都值得纪念一下。"看日历，却惊讶地发现是父亲的生日。居然忘了他的生日，不过，我想他不会责怪的，因为2018年的这个春天，鱼埋首于文字堆中，早错过了许多东西。

然而，这样一件事情，却完工于这一日，是冥冥中的安排吧。

父亲生前曾同我说，他的父亲给他取名的时候，便注定了他要来到景德镇，因为他的名字中有一个 gan 字，而我那名字为 ming 的大伯则留在了福建。那么，若非父亲，这个世上无我；若非父亲，我也不会来到景德镇。若非身在景德镇，我也不会发现这座小城的神圣与神奇，也不会遇见那些有趣的人与事。

鱼不信鬼神，但是，信因缘。

本来并不打算写后记的。既有如此机缘，就絮叨几句吧。鱼眼逐景，这个小册子，献给我的景德镇，献给我的父亲，献给那些给鱼讲过故事的人。

戊戌年三月初六